IRA SEVERIN
Lebkuchenküsse
Weihnachtsroman

Ira Severin

LEBKUCHEN KÜSSE

Lübbe Roman

Ehrenwirth

Dieser Titel ist auch als E-Book erschienen

Originalausgabe

Lektorat/Textredaktion: Bettina Steinhage und
Anna-Lena Römisch
Umschlaggestaltung: Jeannine Schmelzer
Einband-/Umschlagmotiv: © iStockphoto/Ruth Black,
© iStockphoto/cajoer
Satz: hanseatenSatz-bremen, Bremen
Gesetzt aus der Goudy Oldstyle
Druck und Einband: GGP Media GmbH, Pößneck

Printed in Germany
ISBN 978-3-431-03931-3

5 4 3 2

Sie finden uns im Internet unter: www.luebbe.de
Bitte beachten Sie auch: www.lesejury.de

Ein verlagsneues Buch kostet in Deutschland und Österreich jeweils überall dasselbe.
Damit die kulturelle Vielfalt erhalten und für die Leser bezahlbar bleibt, gibt es die gesetzliche Buchpreisbindung. Ob im Internet, in der Großbuchhandlung, beim lokalen Buchhändler, im Dorf oder in der Großstadt – überall bekommen Sie Ihre verlagsneuen Bücher zum selben Preis.

MIX
Papier aus verantwortungsvollen Quellen
FSC® C014496
FSC www.fsc.org

Prolog

10. Dezember 1997

Schwungvoll drehte Laura sich vor dem großen Garderobenspiegel im Kreis und sah bewundernd zu, wie der weite Rock um ihre Beine schwang. Ihr neues Kleid hatte genau dieselbe Farbe wie das Mittelmeer an der italienischen Adria, in dem sie während ihrer Sommerferien geschwommen war.

»Hübsch siehst du aus. Schon richtig erwachsen.« Ihre Mutter beendete den Satz mit einem tiefen Seufzer. Sie war hinter Laura getreten und zupfte an der Samtschleife, die Lauras goldblonde Haare im Nacken zusammenhielt.

»Ich bin zwölf, also fast erwachsen«, erwiderte Laura energisch. »Sina aus der 6b hat schon einen Freund, und die ist fast vier Wochen jünger als ich. Sie haben sich neulich zum ersten Mal geküsst. Mit Zunge.«

Zu Lauras Entzücken entglitten ihrer Mutter alle Gesichtszüge, auch wenn sie sich wirklich Mühe gab, dies zu überspielen. »Du willst doch nicht etwa auch …?«

»Nee. So zwei oder drei Wochen warte ich vielleicht noch.« Im Spiegel grinste Laura ihre Mutter breit an und bekam ein kleines bisschen Herzklopfen, weil sie wusste, dass Sven zur Geburtstagsparty ihrer besten Freundin eingeladen war. »Jetzt muss ich aber los. Sarah wird sauer, wenn ich zu spät komme. Wo ist das Geschenk?«

Wortlos und immer noch irritiert nahm ihre Mutter das Päckchen vom Dielenschrank und reichte es ihr. Laura hatte mindestens eine Stunde gebraucht, um den Schal mit den niedlichen Kätzchen darauf in glänzendes rotes Geschenkpapier zu wickeln und anschließend mit zahllosen goldenen Klebesternchen und winzigen Schleifchen zu verzieren.

»Tschüss, Mama.« Sie drückte ihrer Mutter einen Kuss auf die Wange, nahm ihren Anorak vom Garderobenhaken, schlüpfte hinein und lief zur Wohnungstür.

»Pass auf dein Kleid auf«, rief Marianne hinter ihr her. »Du weißt, dass wir es eigentlich für Weihnachten gekauft haben. Für die Choraufführung in der Kirche und …«

»Ich weiß, ich weiß. Ich passe auf, schließlich bin ich ja kein kleines Kind mehr.«

Als Laura vors Haus trat und sah, dass ein paar Schneeflocken durch die Luft tanzten, hätte sie vor Freude fast laut gelacht. Wie jedes Jahr freute sie sich so sehr auf Weihnachten, dass sie manchmal das Gefühl hatte, in ihrem Bauch hätte sich eine ganze Packung Brausepulver aufgelöst.

Im schwachen Nachmittagslicht brannte schon die Weihnachtsbeleuchtung, und die Schneeflocken fielen immer dichter. Um zu Sarah zu gelangen, musste Laura die lange Fußgängerzone durchqueren, was ihr aber an diesem Tag nichts ausmachte. So konnte sie die Vorfreude noch ein bisschen länger genießen. In diesem Jahr durfte Sarah zum ersten Mal Jungs zu ihrer Geburtstagsparty einladen, und natürlich war Sven unter den Gästen. Laura zuliebe – schließlich hatte sie ihrer besten Freundin schon oft genug von ihm vorgeschwärmt.

Bis jetzt kannten Sven und sie sich noch nicht so gut, aber trotzdem wusste Laura schon eine Menge über ihn. Er war anders als die anderen Jungs auf der Schule. Obwohl er richtig klasse aussah, war er keiner von den Typen, die es ausnutzten, dass die Mädchen sie toll fanden. Sven war eher schüchtern, aber sie hatte auch schon beobachtet, dass er richtig lebhaft werden konnte, wenn er mit seinen Freunden über Dinge sprach, die ihn interessierten.

Sven war jemand zum Heiraten und Kinderkriegen. Sicher würde er mal genauso sein wie ihr Papa. Sie konnte sich leider nur noch ganz schwach an ihn erinnern, aber wenn Mama von ihm erzählte, wurden ihre Augen immer ganz sehnsüchtig. Und das, obwohl Papa schon seit mehr als sieben Jahren tot war. Papa war ruhig und ernsthaft gewesen, und man konnte sich immer auf ihn verlassen, sagte Mama. So einen Mann wollte Laura auch. Vielleicht hatte sie ihn ja schon gefunden.

Als sie sich der *Alb-Rose* näherte, erkannte sie schon von Weitem Niklas Ehinger, der mit einem Besen herumhantierte. Offenbar sollte er den Schnee im Eingangsbereich vor dem Hotel seiner Eltern wegfegen.

Laura ging etwas langsamer, um ihn bei der Arbeit zu beobachten. Niklas war in der Schule zwei Klassen über ihr, und die meisten ihrer Freundinnen bezeichneten ihn als *süß*. Laura fand, dass das eine ziemlich unangemessene Bezeichnung für einen Typen war, der die meisten anderen Jungen in seiner Klasse um fast einen Kopf überragte. Und wenn sie schon jemanden *süß* fand, dann doch wohl eher Sven, der verlegen den Blick abwandte, wenn sie ihn auf dem Schulhof ansah. Niklas' selbstbewusste Art konnte einem dagegen ganz schön auf die Nerven gehen.

Jetzt lehnte Niklas den Besen gegen die Mauer seitlich vom Eingang und wandte sich der großen Tanne vor dem Hotel zu. Sie war mit silbernen Christbaumkugeln und blauschimmernden Girlanden geschmückt, und im Grün der Zweige brannten zahllose elektrische Kerzen. Selbst aus der Entfernung nahm Laura den würzigen Duft der Tannennadeln wahr. Es roch nach Weihnachten.

Interessiert sah sie zu, wie Niklas den dünnen Draht löste, mit dem eine der Kugeln befestigt war. Er hielt sie vorsichtig in der rechten Hand und begutachtete mit schiefgelegtem Kopf den Baum.

»An dem Zweig rechts über deinem Kopf hängt noch gar kein Schmuck«, bemerkte sie freundlich.

Erschrocken fuhr Niklas herum, die Kugel glitt ihm aus der Hand und zerbrach auf den Pflastersteinen in unzählige glitzernde Splitter.

»Musst du dich so anschleichen?«, fuhr er sie an.

»Ich habe mich nicht angeschlichen. Was kann ich dafür, wenn du schwerhörig bist?« Es tat Laura leid, dass ihretwegen die Christbaumkugel kaputtgegangen war, aber deshalb ließ sie sich noch lange nicht dumm anmachen.

»Du hast mich blöd von der Seite angequatscht, dabei geht es dich absolut nichts an, wo ich eine Kugel aufhänge.« Mit seinen schokoladenbrauen Augen starrte Niklas sie so wütend an, dass sie instinktiv einen Schritt zurückwich.

»Hast du einen Knall? Das ist ein öffentlicher Weg. Ich darf hier langgehen, wann ich will, und sagen, was ich will, mein lieber Nikolaus. Nette rote Zipfelmütze übrigens.« Eigentlich sah er mit dem Ding schon ziemlich stylish aus, aber das musste er nicht wissen, und im Grunde interessierte es sie auch nicht.

Mit einer hastigen Bewegung riss Niklas sich seine knallrote Mütze vom Kopf und fuhr sich mit der Hand durch die strubbeligen dunklen Haare. »Ich heiße Niklas!«

»Ist doch fast dasselbe. Zwei kleine Buchstaben. Das ist *nichts.* Nikolaus ist ein ziemlich blöder Name, das musst du zugeben.«

Es gefiel ihr, dass es so leicht war, ihn wütend zu machen. Immerhin war sie mindestens zwei Jahre jünger als er. Wahrscheinlich war er es nicht gewohnt, von einem Mädchen ehrliche Worte zu hören, weil die meisten Tussen ihn mit weit aufgerissenen Augen anschmachteten.

»Immer noch besser als Laura!«

Aha – er wusste also, wie sie hieß, obwohl er sie auf dem Schulhof grundsätzlich übersah! Laura konnte sich ein triumphierendes Grinsen nicht verkneifen.

»Klebst du dir am Christabend einen weißen Bart an und hilfst dem Weihnachtsmann, die Geschenke zu verteilen?« Spöttisch musterte sie ihn von Kopf bis Fuß.

»Blöde …« Er legte die Stirn in Falten und dachte angestrengt nach. »… Kuh«, fuhr er schließlich lahm fort.

»Hornochse!«, konterte Laura ruhig und ließ die Hand mit dem Geschenkpäckchen lässig vor und zurück schwingen.

Niklas machte einige schnelle Schritte auf sie zu und blieb so dicht vor ihr stehen, dass ihre Körper sich fast berührten. »Zieh Leine!« Er spuckte ihr die Worte regelrecht vor die Füße.

Sie warf den Kopf in den Nacken und sah ihn herausfordernd an. »Du hast mir überhaupt nichts zu sagen. Du … Du *Nikolaus* du!«

Niklas schnaubte und stieß Laura gegen die Schultern. Der Stoß war nicht besonders kräftig, wahrscheinlich wollte er nur, dass sie endlich ging. Laura war jedoch nicht auf den Ruck gefasst gewesen. Sie taumelte rückwärts, stieß mit den Fersen gegen einen Schneehaufen, verlor das Gleichgewicht und kippte rückwärts um.

Ihr Geschenkpäckchen flog in hohem Bogen durch die Luft, und sie landete auf dem Rücken im Schnee.

»Das wollte ich nicht. Komm, ich helf dir hoch.« Niklas' Stimme klang zerknirscht, während er ihr seine Hand hinhielt.

»Fass mich nicht an!«, fauchte sie und drehte sich um, weil sie sich mit den Händen abstützen musste, um wieder auf die Füße zu kommen. Der Schneehaufen gab unter ihr nach, und sie fiel erneut flach hin, dieses Mal auf den Bauch. Nun sah sie, dass der zusammengefegte Schnee mit Split und Sand versetzt war, die wohl vor dem Schippen gestreut worden waren, damit niemand ausrutschte. Dann spürte sie auch schon die Nässe auf ihrem Bauch. Ihr wattierter Anorak war hochgerutscht, und der dünne Stoff ihres Kleids hatte sich vollgesogen.

Entsetzt sprang sie hoch, und noch bevor sie richtig stand, wischte sie mit beiden Händen wild über die Vorderseite ihres Kleids. Auch ohne hinzuschauen wusste sie, dass ihr wunderschönes neues Kleid nicht nur vollkommen durchnässt war, sondern auch so schmutzig, dass es wahrscheinlich nie wieder richtig sauber werden würde. Ihre Mutter hatte sie wegen des empfindlichen Stoffs gewarnt. Man musste ihn chemisch reinigen lassen.

»Trotzdem werden viele Flecken nicht rausgehen.« In der klaren Winterluft meinte Laura, die Worte ihrer Mutter zu hören. »Du wirst sehr vorsichtig sein müssen.«

»Das bin ich, Mama. Versprochen!«

Und jetzt? Sie hatte das wunderschöne Kleid kaum eine halbe Stunde getragen, schon war es für alle Zeiten verdorben!

Als sie den Blick hob, um Niklas wütend anzufunkeln, konnte sie den Schuldigen an dieser Katastrophe durch den Tränenschleier in ihren Augen kaum erkennen. Energisch fuhr sie sich mit dem Handrücken über die Augen.

»Du Arsch!«, fauchte sie. »Mein neues Kleid ist hin! Und du bist schuld daran.«

Niklas starrte sie sekundenlang verblüfft an, dann öffnete er den Mund und stieß ein lautes Lachen hervor. »Jetzt hast du dir auch noch eine Ladung Dreck ins Gesicht geschmiert.«

Die Wut ballte sich in Lauras Bauch zusammen wie eine riesige Faust. Und als wäre das nicht genug, entdeckte sie zu ihren Füßen auch noch Sarahs Geburtstagsgeschenk. Das Papier war aufgerissen, und der bunte Schal lag im Dreck.

Sie bückte sich, griff mit beiden Händen in den schmutzigen Schnee und fing an, Niklas damit zu bewerfen. Der Tannenbaum bekam auch etwas ab, und zwei oder drei Christbaumkugeln fielen auf den Boden und zerschellten.

»Hör auf damit«, rief Niklas und ging hinter der halbhohen Mauer neben dem Hoteleingang in Deckung.

»Ich denke nicht dran!« Selbst wenn sie gewollt hätte, hätte sie nicht aufhören können. Die Wut brannte wie

Feuer in ihrem Bauch. Sie würde die halbe Party verpassen, weil sie nach Hause gehen und sich umziehen musste. Das bedeutete, dass in der Zwischenzeit vielleicht die anderen Mädchen herausfinden würden, wie nett Sven war. Und wenn sie dann endlich bei Sarah ankam, konnte Sven sie trotzdem nicht in dem tollen Kleid sehen. Das war nämlich für alle Zeiten hin.

Erst als der Schnee der vergangenen Tage wieder vor dem Hoteleingang verteilt war, sammelte Laura ihr schmutziges Geschenkpäckchen ein. Und ohne Niklas noch eines Blickes zu würdigen, machte sie sich auf den Heimweg.

Während sie leise vor sich hin schluchzend den Gehweg entlangstapfte, wusste Laura, dass sie nie aufhören würde, Niklas zu hassen. Er hatte ihr nicht nur den ganzen Tag verdorben, sondern vielleicht auch ihr ganzes Leben, wenn sich in der Zwischenzeit eines der anderen Mädchen an Sven heranmachte und er sich in sie verliebte. Sven war nämlich ein treuer Typ, da war sie sich ganz sicher.

Zu allem Überfluss klang ihr immer noch Niklas' gemeines Lachen in den Ohren. Er war ein solcher Armleuchter, ein solcher Idiot – ein solcher *Nikolaus*!

1. Kapitel

Dezember 2014

»Auch das noch!« Mit zusammengekniffenen Lidern starrte Laura in die Schneeflocken, die mit jedem Kilometer, den sie sich ihrer Heimatstadt auf der Schwäbischen Alb näherte, dichter vom Himmel wirbelten. Ausgerechnet in diesem Jahr musste der Winter besonders früh beginnen.

Wie weiße Sterne fielen die riesigen Flocken auf die Windschutzscheibe, wo die Scheibenwischer sie eifrig zusammenschoben. Die letzte halbe Stunde führte der Weg nach Trillingen über schmale Landstraßen, die sich sanft über die Hügel und durch die Täler der Alb schwangen. Mit jeder Kurve, um die Laura ihren Wagen steuerte, rückte ihre alte Heimat ein Stück näher. Seit zwei Jahren machte sich in diesen Momenten allerdings keine Freude mehr in ihr breit, sondern ein seltsames Unbehagen. Ein Gefühl, das sie mit Logik nicht erklären konnte, denn Trillingen war zwar der Ort der Geschehnisse gewesen, nicht aber die Ursache der Katastrophe, die sich tief in ihr Herz eingebrannt hatte. Hier war die Erinnerung an das Geschehene noch schmerzhafter als in München, wo das Leben hektisch verlief und viele Dinge sie von ihrem Kummer ablenkten. Dass ihre Mutter sie ausgerechnet jetzt zur Weihnachtszeit …

Laura untersagte sich streng das Grübeln und konzentrierte sich aufs Fahren. Inzwischen war es dunkel geworden. Am Straßenrand tauchte im Schneegestöber ein Schild mit dem Hinweis auf, dass es noch acht Kilometer bis Trillingen waren. An dieser Stelle führte die Landstraße durch ein Tal und schlängelte sich von dort aus den Berg hinauf ins Städtchen.

Laura atmete tief durch, und der Druck auf ihren Magen ließ ein wenig nach. Sie freute sich auf das Wiedersehen mit ihrer Mutter, mit der Kellnerin Kati, die fast zur Familie gehörte, und mit ihrer Patentante Sonja. Vielleicht waren auch ein paar ihrer alten Schulfreundinnen über die Weihnachtstage in Trillingen … Schon wieder ein verbotener Gedanke! Sie musste wirklich besser aufpassen.

Als hinter einer Kurve ein Warndreieck vor ihr auftauchte, trat sie kräftig auf die Bremse und starrte angespannt ins Schneegestöber. Am Waldrand stand ein heller Lieferwagen mit eingeschalteter Warnblinkanlage, daneben ein Mann, der heftig in ihre Richtung winkte.

Langsam fuhr Laura auf die beunruhigend große, breitschultrige Gestalt zu. Bevor sie anhielt, aktivierte sie die Türverriegelung. Schließlich lag die erste Siedlung des

Städtchens noch mehrere Kilometer entfernt, und wenn das da draußen ein verrückter Massenmörder war, würde niemand sie schreien hören.

Sie ließ das Fenster nur wenige Zentimeter herunter und bemühte sich, ihrer Stimme einen energischen Klang zu verleihen. »Haben Sie eine Panne? Soll ich den ADAC für Sie rufen?«

»Das wird nicht nötig sein. Die Batterie schwächelt schon seit ein paar Tagen. Blöderweise springt der Motor ausgerechnet jetzt nicht mehr an. Wenn du mich in die Stadt mitnimmst, kläre ich die Sache morgen mit der Werkstatt.«

Er wollte sie dazu bringen, ihm die Tür zu öffnen! Falls er glaubte, sie würde ihm vertrauen, weil er sie duzte, hatte er sich geirrt. Laura räusperte sich.

»Ich fürchte, ich nehme keine Fremden mit, erst recht nicht im Dunkeln. Wenn Sie kein Handy bei sich haben, kann ich Ihnen ein Taxi rufen. Aber eigentlich hat doch heutzutage jeder ein Smartphone.« Für wie naiv hielt er sie eigentlich?

Das Lachen kam tief aus seiner breiten Brust und klang trotz der kalten Winternacht und des Schneegestöbers warm und freundlich. »Ich gehöre zu den weltfremden Typen, die auch mal für eine halbe Stunde ohne Handy das Haus verlassen.«

»Bis zum Ortsrand sind es nur knapp acht Kilometer. Das ist für einen Naturburschen ohne Handy gar kein Problem, nehme ich an.« Sie machte Anstalten, den Motor anzulassen. Wenn sie weiterfuhr, war das auf keinen Fall unterlassene Hilfeleistung. Der Mann war offenbar bei bester Gesundheit. Er würde es zweifellos in die Stadt schaffen und sich dabei höchstens eine kleine Erkältung holen.

Als sie das Geräusch hörte, mit dem er sein Hand durch den schmalen Spalt oben am Fenster schob, zuckte sie zusammen. Im vagen Licht erkannte sie, dass es ihm nicht gelingen würde, seinen Arm durch die enge Öffnung ins Wageninnere zu zwängen.

»Nehmen Sie Ihre Hand da raus!«, zischte sie. »Es würde mich nicht weiter stören, Ihnen den Arm zu brechen, indem ich jetzt Gas gebe.«

»Aber Laura!« Er kannte ihren Namen! Plötzlich wurde ihr bewusst, dass ihr seine Stimme von Anfang an vertraut erschienen war – auf eine Art, die sie nicht sonderlich beruhigte.

»Ich weiß, dass wir uns als Kinder nicht gut vertragen haben«, fuhr er fort. »Aber das ist immerhin schon eine Weile her und definitiv kein Grund, mich mit gebrochenen Armen und Beinen im Schnee erfrieren zu lassen.«

»Niklas«, murmelte sie vor sich hin und ließ sich gegen die Lehne des Fahrersitzes sinken. Natürlich war sie erleichtert, dass es kein Massenmörder war, der ihr im Dunkeln aufgelauert hatte. Allerdings fand sie eine Begegnung mit Niklas nur unwesentlich angenehmer.

»Was machst du hier?«, erkundigte sie sich und schaltete die Innenbeleuchtung des Wagens an, um sein Gesicht erkennen zu können. Bis jetzt hatte sie nur ein helles Oval hinter der Scheibe wahrgenommen. Als das Licht in seine Augen fiel, zuckte sie zusammen, denn genau wie früher, musste sie sofort an Zartbitterschokolade denken, die süß und gleichzeitig herb auf der Zunge zerging.

Er lächelte ihr freundlich zu, aber sie wandte sich hastig ab und starrte durch die Windschutzscheibe nach vorn.

»Ich wollte noch schnell einen Tannenbaum für die Hotelhalle schlagen. Im November war so viel zu tun, dass ich kaum dazu gekommen bin, mich um die Weihnachtsdekoration zu kümmern.«

Laura zog die Brauen hoch und starrte mit zusammengekniffenen Lidern in den fallenden Schnee »Und da hast du dir gedacht, du gehst mal eben in den Wald, um einen Baum zu stehlen?«

»Ich habe vor Einbruch der Dunkelheit tatsächlich noch einen wunderschönen Baum gefunden. Ein bisschen groß vielleicht, aber er passt in den Lieferwagen, mit dem wir sonst unsere Einkäufe vom Großmarkt holen. Blöderweise hat die Batterie endgültig schlappgemacht, als ich den Motor wieder starten wollte. Momentan habe ich so viel Stress, dass ich zu nichts komme. Schon gar nicht dazu, die Weihnachtszeit zu genießen.«

Weihnachtszeit genießen! Dazu sagte Laura lieber nichts. Schließlich wandte sie den Kopf und richtete widerstrebend ihren Blick auf Niklas. An seinen langen Wimpern hingen wie winzige Perlen geschmolzene Schneeflocken.

»Nun steig schon ein«, stieß sie widerwillig hervor und entriegelte die Türen.

*

Es war ein seltsames Gefühl, im dunklen Innenraum des Autos so dicht neben Laura zu sitzen. Solange er denken konnte, waren sie sich aus dem Weg gegangen. Und falls sie doch einmal miteinander zu tun gehabt hatten, war es innerhalb kürzester Zeit zu Reibereien gekommen. Angefangen hatte alles an dem Tag, an dem er sie in den schmutzigen Schneehaufen vor dem Hotel seiner Eltern geschubst hatte.

Aber schon vorher hatte er sie gemieden, ohne sich großartig Gedanken darüber zu machen. Sie war zwei Jahre jünger als er, aber ihr funkelnder Blick und die Art, wie sie manchmal die Lippen zu einem spöttischen Lächeln verzog, hatten dafür gesorgt, dass er sich automatisch von ihr fernhielt. Außerdem war sie, so lange er denken konnte, mit Sven zusammen gewesen.

Der Schnee fiel immer dichter, und auf der schmalen Straße vor ihnen schienen im Scheinwerferlicht Tausende von winzigen Diamanten zu funkeln. Der Schnee begann, sich wie eine weiße Decke über die Straße zu legen.

»Bist du allein für die Weihnachtsdeko im Hotel zuständig?«, erkundigte Laura sich im Plauderton. Offenbar wollte sie Konversation machen.

Er zuckte mit den Achseln, was sie wahrscheinlich nicht sehen konnte. »Ich bin neuerdings im Hotel für *alles* zuständig.«

Sie wandte den Kopf und warf ihm einen erstaunten Blick zu. »Ist irgendwas mit deinen Eltern?«

»Auf Weltreise. Für ein Jahr«, erwiderte er knapp.

»Aha. Aber du bist doch bestimmt in Kontakt mit ihnen und kannst sie bei wichtigen Entscheidungen fragen?«

Komisch, dass das ihre erste Frage war. Wieder zog er die Schultern hoch und ließ sie sofort wieder fallen. »Nein«, erklärte er dann einsilbig und fügte nach kurzer Pause hinzu: »Sie wollen sich mal richtig erholen, und ich kenne mich schließlich mit dem Hotel aus und habe eine entsprechende Ausbildung. Alles easy-peasy sozusagen.«

»Dann ist es ja gut.«

Eine Weile herrschte Schweigen.

»Dich sieht man in letzter Zeit selten in Trillingen«, stellte er dann fest. Ihre Heimatstadt war so klein, dass selbst er mitbekam, ob und wann Laura ihre Mutter besuchte. Es war fast genau zwei Jahre her, seit sie das letzte Mal länger als nur zwei Tage hier gewesen war. Nach der Sache mit Sven war sie am Neujahrstag überstürzt abgereist, und man hatte im Ort ziemlich viel darüber getuschelt. Sven hatte sich über den genauen Ablauf der

Geschichte ausgeschwiegen und war kurz darauf ins Ausland entschwunden. Laut Aussage seiner Eltern hatte er einen tollen Job in Dubai. Niklas hatte seitdem keinen Kontakt mehr zu Sven und deshalb auch nie erfahren, was genau passiert war. Es hatte ihn auch nicht wirklich interessiert. Schließlich war er mit Sven ja auch nicht sonderlich gut befreundet.

»Meine Arbeit in München lässt mir nicht viel Zeit«, erklärte sie, während sie starr durch die Windschutzscheibe sah. »Letztes Jahr habe ich Weihnachten lieber auf Gran Canaria verbracht. Die Weihnachtsseligkeit hier geht mir ziemlich auf die Nerven.«

»Aha? Ich finde Weihnachten klasse. Es ist einfach schön, wenn zu Weihnachten die Menschen enger zusammenrücken. Das Kerzenlicht, Lebkuchen, Glühwein, dass man an andere denkt, ihnen kleine Geschenke macht …«

»Ha, Glühwein und Lebkuchen«, unterbrach sie ihn und nahm mit viel zu viel Schwung die letzte Kurve vor der Stadtgrenze. Der Wagen geriet in Schlingern, fand dann aber zurück in die Spur. »Genau deshalb bin ich hier.«

»Braucht deine Mutter Hilfe im *Plaudertäschchen?«* Zögernd löste er die Finger wieder von der Vorderkante des Beifahrersitzes, an der er sich automatisch festgekrallt hatte. »Sonst kam sie zusammen mit Kati in der Adventszeit ganz gut klar, und wenn wirklich mal Not am Mann war, konnte sie jederzeit bei mir …«

»Ich vertrete meine Mutter«, fiel sie ihm erneut ins Wort. »Sie will die Adventszeit in der Schweiz verbringen. Der Liebe wegen, Weihnachtsseligkeit unterm Tannenbaum und all das Zeug.« Das klang ziemlich bitter.

»Meinst du, du kommst mit dem Café klar? Schließlich hast du sonst nur gelegentlich während deines Urlaubs ausgeholfen, und ohne Erfahrung kann einem auch ein kleines Café leicht über den Kopf wachsen.« Am Straßenrand funkelten die Fenster der ersten Häuser von Trillingen, und Niklas atmete heimlich auf. Lauras Fahrstil machte die Autofahrt nicht gerade zu einem entspannenden Erlebnis.

»Meine Mutter scheint es mir zuzutrauen. Außerdem leite ich immerhin die Controlling-Abteilung eines der größten Münchner Hotels«, teilte sie ihm hoheitsvoll mit.

»Ich hätte nicht gedacht, dass Marianne ausgerechnet in der Adventszeit ihr Café in andere Hände gibt. Sie genießt diese Wochen eigentlich immer so sehr.«

Laura wandte den Kopf und sah ihn im dämmrigen Wageninneren erstaunt von der Seite an. »Seit wann meinst du, meine Mutter so gut zu kennen?«

»Sieh bitte nach vorn!«, flehte er und klammerte sich wieder an der Kante seines Sitzes fest.

Sie richtete den Blick auf die Straße und fuhr tatsächlich etwas langsamer. »Du kannst wieder loslassen«, sagte sie amüsiert.

Wie hatte sie im Dunkeln bemerkt, was er mit seinen Händen tat? Er ließ sie vorsichtshalber, wo sie waren. »Seit meine Eltern weg sind, helfen Marianne und ich einander gelegentlich aus«, erklärte er. »Schließlich sind wir in der gleichen Branche und schicken uns gegenseitig Gäste. Sie hat mir allerdings nichts davon gesagt, dass sie für längere Zeit wegwill.«

»Das kam wohl ziemlich plötzlich. Ihr neuer Freund ist ein Architekt aus der Schweiz, der seit ein paar Wochen hier in der Nähe ein Projekt betreut. Eigentlich wollte er Weihnachten bei ihr verbringen und vorher nur rasch sein Haus in den Schweizer Bergen winterfest machen. Bei irgendeiner Reparaturarbeit ist er von der Leiter gefallen, hat sich das Bein gebrochen und kann jetzt für sechs Wochen das Haus nicht verlassen. Zwar will er nicht, dass sie seinetwegen ihr Café im Stich lässt, aber sie kann die Vorstellung nicht ertragen, dass er ausgerechnet während der Adventszeit allein dasitzt … obwohl er jemanden hat, der ihm Essen bringt und so weiter. Große Liebe eben, nehme ich an.« Laura stieß einen tiefen Seufzer aus.

»Kann man irgendwie verstehen«, stellte Niklas fest.

»Hast du tatsächlich einen Tannenbaum gestohlen?«, erkundigte Laura sich nach einer Pause.

»Natürlich nicht!« Er schaute sie ungläubig an. »Das Waldstück gehört seit Jahrzehnten meiner Familie. Wusstest du das nicht? Solange ich denken kann, schlagen wir dort unsere Weihnachtsbäume.«

»Ich kenne das Grundbuch nicht auswendig«, verteidigte sie sich. Allerdings war ihr Ton überraschend sanft.

»Setzt du mich bitte am Rand der Fußgängerzone ab?«, bat er. Von dort aus waren es zu Fuß nur wenige Minuten zum Hotel. Noch bevor sie richtig standen, öffnete er die Beifahrertür.

»Danke fürs Mitnehmen«, sagte er höflich. »Und eine schöne Zeit in Trillingen. Wir werden uns vermutlich häufiger sehen.«

»Ich denke eher nicht. Meine Mutter hat mich auf wirklich viel Arbeit während der Adventszeit vorbereitet. Und nur weil ich dir heute praktisch das Leben gerettet habe, werden wir dadurch ja noch keine besten Freunde.« Zum Abschied hob sie grüßend die Hand.

»Kratzbürste! Du änderst dich wirklich nie«, murmelte er vor sich hin, während er zusah, wie sie wendete und in Richtung *Plaudertäschchen* davonfuhr. Laura würde noch früh genug erfahren, dass sie weiteren Treffen mit ihm wohl kaum aus dem Weg gehen konnte.

*

Als Laura auf den kleinen Parkplatz vor dem *Plaudertäschchen* fuhr, sah sie zu ihrer Erleichterung schon von draußen, dass kaum noch jemand im Gastraum war. Sie hatte keine Lust auf eine überschwängliche Begrüßung von allen möglichen Leuten, die sie zum größten Teil seit ihrer Kindheit kannten. Ganz zu schweigen von den mitleidigen Blicken. Das würde noch früh genug passieren.

Sie unterdrückte einen Seufzer und stieg aus. Während sie ihre Reisetaschen aus dem Kofferraum zerrte, fielen die Flocken so dicht, dass sie kaum die Hand vor Augen sah. Plötzlich stand Kati neben ihr, die offenbar von drinnen ihre Ankunft beobachtet hatte. Wortlos zog sie Laura an ihren ausladenden Busen, bevor sie energisch nach zwei großen Taschen griff und damit zur offenen Tür eilte. Laura stapfte mit dem restlichen Gepäck hinter ihr her.

»Wir haben uns schon Sorgen gemacht, weil es doch so schrecklich schneit«, verkündete die altgediente Kellnerin, nachdem sie die Taschen am Fuß der Treppe zur Wohnung abgestellt hatte. Auf ihren dunklen Haaren, die sie ihren Beteuerungen zufolge nicht färbte und in denen dennoch keine einzige graue Strähne zu sehen war, funkelten zahlreiche Schneeflocken. »Deine Mutter ist oben.«

Die Tür, die vom Café in den Vorraum mit der Garderobe führte, öffnete sich, und im Türrahmen tauchte leicht schwankend Bernhard Riege auf. Auch ihn kannte Laura, solange sie denken konnte. Bis vor ein paar Jahren hatte er zusammen mit seiner Frau im Ort ein Schuhgeschäft geführt, in dem sie als kleines Mädchen ihre Sandalen für den Sommer und ihre Winterstiefel bekommen hatte – und jedes Mal auch ein Tütchen mit Gummibärchen. Später hatte sie modisches Schuhwerk lieber in den umliegenden Städten gekauft.

Als Bernhard und Maria ins Rentenalter kamen, schlossen sie ihren Laden, und wenig später starb Maria. Der Verlust seiner Frau hatte den wortkargen Mann fast vollständig verstummen lassen. Offenbar hielt er es zu Hause kaum noch aus, denn immer wenn Laura während der vergangenen Jahre nach Trillingen gekommen war, hatte er abends als einer der letzten Gäste im *Plaudertäschchen* gesessen. So wie heute offenbar auch.

»Da ist ja die kleine Laura«, begrüßte er sie.

»Guten Abend, Herr Riege.«

»Das Heim ist der Wohnort des Herzens.« Lächelnd stützte er sich an der Wand ab. »Ist es nicht wunderbar, nach Hause zu kommen?«

Verblüfft nickte sie. Anscheinend wurde Bernhard Riege zum Philosophen, wenn er etwas getrunken hatte.

»Kann ich noch einen Glühwein haben?«, wandte er sich an Kati.

»Nein«, erwiderte diese streng. »Du hattest genug für heute. Ich mache jetzt Feierabend und nehme dich mit. Dein Haus liegt auf meinem Weg.«

»Aber ich …«, setzte Bernhard an, doch ein Blick von Kati genügte, und er fügte sich in sein Schicksal.

»Dann gehe ich jetzt nach oben und begrüße Mama«, verkündete Laura.

Kati nickte. »Marianne sitzt praktisch schon auf gepackten Koffern. Du machst ihr eine riesengroße Freude, weil sie nun zu Urs fahren kann. Man muss sich das mal vorstellen: Der Ärmste hockt den ganzen Tag im Sessel und kann keinen Fuß vor die Tür setzen. Er wird überglücklich sein, dass Marianne die Weihnachtszeit bei ihm verbringt, obwohl er am Telefon immer sagt, sie soll seinetwegen bloß nicht ihr Café im Stich lassen.« Kati reichte Bernhard seine Winterjacke und schlang sich selbst einen bunten Wollschal um den Hals.

Laura schluckte krampfhaft. Sie musste ihre Mutter warnen! Hatte sie nicht gesagt, dass sie diesen Urs erst seit ein paar Wochen kannte?

»Seid vorsichtig, draußen ist es glatt«, rief sie Kati und Bernhard hinterher, während die beiden dick eingepackt zur Tür stapften.

»Bis morgen, meine Süße. Schön, dass du da bist! Schließ bitte hinter uns ab!« Kati winkte ihr fröhlich zu und stieß die Tür nach draußen auf. Dann schob sie ihren Arm unter Bernhards, und sie marschierten im Gleichschritt los.

Laura drehte den Schlüssel im Schloss um, löschte das Licht im Café und stieg mit ihrem Gepäck die Treppe zum ersten Stock hinauf.

Als sie oben ankam, hörte sie die Stimme ihrer Mutter, die offenbar telefonierte. Marianne klang fröhlich, fast ausgelassen. Wahrscheinlich sprach sie mit ihrem neuen Freund.

Laura atmete tief durch, stellte ihre Taschen im Flur ab, klopfte kurz an die Tür und betrat das gemütliche Wohnzimmer unter der Dachschräge. Gerade hatte Marianne den Kopf in den Nacken geworfen, und ein übermütiges Lachen, wie Laura es lange nicht mehr von ihr gehört hatte, stieg zur Decke auf. Mit einem strahlenden Lächeln winkte sie Laura zu.

»Ich muss Schluss machen, Urs«, flötete sie in den Hörer. »Ich ruf dich morgen wieder an.«

Dann legte sie das schnurlose Telefon beiseite, sprang auf, zog Laura an sich und drückte ihr einen Kuss auf die Wange. »Wie wunderbar, dass du da bist! Ich kann dir gar nicht sagen, welche Freude du mir machst! Und Urs hat keine Ahnung, dass ich morgen nicht nur am Telefon mit ihm spreche.«

Laura starrte ihre Mutter verblüfft an. Eine so verliebte Marianne hatte sie noch nie erlebt.

»Schön, dass du dich so über meinen Besuch freust.« Das klang ironisch und ein bisschen böse, aber die Worte waren heraus, bevor sie etwas dagegen tun konnte.

»Du weißt, dass ich mich immer freue, wenn du kommst.« Das strahlende Lächeln auf Mariannes Gesicht verschwand, und sofort bereute Laura ihre Bemerkung noch mehr. »Dass ich in dieser Situation bei Urs sein möchte, kannst du doch aber sicher verstehen? Noch dazu in der Weihnachtszeit.«

»Gerade in der Weihnachtszeit solltest du vorsichtig sein. Du weißt schon – diese ganze Gefühlsduselei, da macht man schon mal Dinge, die man bei klarem Verstand nicht tun würde.« Laura ließ sich von ihrer Mutter zur Couch ziehen, wo auf dem niedrigen Tisch eine Kanne Kakao auf einem Stövchen stand. Daneben wartete eine Schale mit Lebkuchen und Mohntalern.

Nachdem sie ihre Tochter auf die Polster gedrückt hatte, schenkte Marianne ihr von dem herrlich duftenden Kakao ein, den Laura schon als Kind geliebt hatte. An kühlen Tagen gab es ihn das ganze Jahr, aber sie nannten ihn immer nur »Weihnachtsschokolade«.

Als sie dann beide nebeneinander auf dem Sofa saßen, sah Marianne sie ernst an. »Nicht jedes Versprechen, das ein Paar sich unter dem Weihnachtsbaum gibt, ist bedeutungslos. Ich finde es wunderschön und romantisch, in dieser besinnlichen Zeit an die Liebe zu denken.«

»Genau das meine ich!«, unterbrach Laura sie aufgeregt und stellte ihren Kakaobecher mit lautem Klirren zurück auf den Tisch. »Wichtige Entscheidungen sollten mit klarem Kopf getroffen werden. Am besten an einem verregneten Montag!« Sie starrte durchs Fenster hinaus in die tanzenden Schneeflocken.

»Es ändert an der Liebe nichts, ob man sie sich im funkelnden Schnee beim Läuten der Kirchenglocken gesteht oder im strömenden Regen.« Marianne schob sich einen Keks in den Mund und verzog die Lippen zu einem Lächeln. »Probier mal die Mohntaler, die Gäste lieben sie fast so sehr wie die Lebkuchen. Ich habe das Rezept von Jutta aus Berlin. Erinnerst du dich an sie? Wir kennen uns schon ewig und haben all die Jahre Kontakt gehalten.«

Neugierig probierte Laura einen der Kekse und stellte fest, dass er tatsächlich köstlich schmeckte. Eine Weile genoss sie die Süße des Zuckers und die leicht herbe Note des Mohns, die auf ihrer Zunge Hochzeit feierten. »Weihnachten umnebelt den Verstand!«, erklärte sie dann energisch.

»Es ist *mein* Leben, Schatz«, erwiderte Marianne in sanftem Ton. »Falls Urs und ich in den kommenden Wochen gemeinsam Zukunftspläne schmieden, freue ich mich darüber. Und, Laura, Urs ist nicht Sven.«

»Du rechnest also damit, dass er dir unterm Weihnachtsbaum einen Antrag macht?« Entsetzt riss Laura die Augen auf.

»Ich schließe es nicht aus.« Lächelnd hielt Marianne ihr erneut die Schale mit dem nach Zimt und Anis duftenden Weihnachtsgebäck hin.

Dieses Mal nahm Laura sich einen Lebkuchen mit dunkel glänzendem Schokoladenüberzug. »Du hast recht: Es ist *dein* Leben«, wiederholte sie die Worte ihrer Mutter.

Marianne war schließlich erwachsen. Doch trotz des süßen Gebäcks hatte Laura einen bitteren Geschmack im Mund.

2. Kapitel

Laura lehnte den Schneeschieber an die Hauswand, stemmte die Hände in den Rücken und streckte sich. Zufrieden begutachtete sie den Weg von der Straße bis zum Eingang des Cafés, den sie freigeschaufelt hatte.

Ihre Mutter war am frühen Morgen mit dem Auto losgefahren und hatte den ganzen Kofferraum ihres Kombis voll Lebensmittel geladen, als würde sie in der Schweiz eine Hungersnot befürchten, der ihr kostbarer Urs zum Opfer fallen könnte.

Zum Abschied waren nicht nur Kati und Laura da gewesen, sondern auch Mariannes beste Freundin Sonja, die gleichzeitig Lauras Patentante war. Sie hatte Marianne versprochen, jederzeit für Laura da zu sein, falls sie Hilfe im Café oder anderen Beistand brauchen sollte. Das war ein durchaus beruhigendes Gefühl, wie Laura sich eingestand, denn Sonja war eine tatkräftige Person, die höchst erfolgreich das größte Blumengeschäft in Trillingen führte. Auf sie war in jeder Situation Verlass. Ganz gleich ob Laura früher ihr Lieblingsstofftier verloren oder eine Fünf in Biologie geschrieben hatte – Sonja hatte immer Rat gewusst.

»Herrliches Wetter zum Skilaufen. Und das so früh im Dezember. Dumm nur, dass ich seit Jahren keine Zeit dazu finde.«

Als Laura dicht neben sich die tiefe Stimme hörte, fuhr sie erschrocken herum. »Musst du dich so anschleichen, Niklas?«

Er lächelte sie unschuldig an. »Tut mir leid. Im Schnee hört man die Schritte nicht.«

Seine Zartbitteraugen erinnerten sie an die Lebkuchen, die sie unbedingt noch backen und mit Schokoladenüberzug versehen musste, bevor die ersten Gäste kamen. Marianne benutzte ein Rezept für weiche Lebkuchen, die nicht erst lagern mussten, bevor sie verzehrt werden konnten. Dafür schmeckten sie frisch besser, sodass alle paar Tage Nachschub gebacken werden musste.

Ohne Niklas noch eines Blickes zu würdigen, wandte sie sich dem Haus zu.

Er folgte ihr zur Tür. »Ich habe etwas mit dir zu besprechen.«

»Wir haben erst ab 15 Uhr geöffnet«, teilte sie ihm über die Schulter mit.

Sein Lachen klang nicht sonderlich amüsiert. »Es geht um eine Reisegruppe, die deine Mutter und ich jedes Jahr in der Adventszeit gemeinsam betreuen. An den betreffenden Tagen öffnet sie das Café auch abends.«

Aus dem Augenwinkel sah sie, wie er aus der Ledermappe, die er bei sich trug, ein Blatt Papier zog und damit durch die Luft wedelte, während er hinter ihr in den Vorraum des Cafés trat.

»Gemeinsam?« Laura konnte ihr Entsetzen kaum verbergen. Wie sollte es ihr gelingen, mit Niklas zusammenzuarbeiten, wenn schon allein seine Anwesenheit ihr Unbehagen bereitete? Sie hätte nicht beschreiben können, woran das eigentlich lag. Was sich während ihrer Kindheit zwischen ihnen abgespielt hatte, war ihrem Gefühl nach längst verjährt. Schließlich war es albern, sich fast zwanzig Jahre später noch darüber aufzuregen, dass er über sie gelacht hatte, als sie mit ihrem neuen Kleid in den Dreck gefallen war.

Und dennoch … Irgendetwas war zwischen Niklas und ihr, das ihr Blut zum Brodeln brachte. In seiner Gegenwart krampfte ihr Magen sich zusammen, und es fiel ihr schwer, einen klaren Gedanken zu fassen. Denkbar schlechte Voraussetzungen für eine professionelle Zusammenarbeit, wie sie fand.

Energisch stieß sie die Tür zum Café auf und marschierte hinein. Niklas blieb ihr auf den Fersen, und als sie meinte, seinen Atem warm in ihrem Nacken zu spüren, stellten sich die Härchen an ihren Armen auf.

Hastig flüchtete sie hinter den Tresen. »Kaffee?«, erkundigte sie sich in geschäftsmäßigem Ton und nahm eine Tasse aus dem Regal.

Niklas nickte. »Es gibt da also diese Reisegruppe, die jedes Jahr in der Adventszeit kommt«, setzte er neu an, während sie sich am Kaffeeautomaten zu schaffen machte. »Ein Leseclub mit einem guten Dutzend Mitglieder. Sie wohnen in der *Alb-Rose* und verbringen die Nachmittage hier im *Plaudertäschchen* bei Glühwein und Lebkuchen. Es werden Weihnachtsgeschichten gelesen und Gedichte vorgetragen. Weihnachtsmusik ist ausdrücklich erwünscht.«

»Na wunderbar!« Laura verzog das Gesicht und schob Niklas die Tasse hin. »Zucker?«

»Nein, danke.« Er nahm einen Schluck, ließ sich aber zu ihrer Enttäuschung nichts anmerken. Sie hatte den Espresso so stark gekocht, dass er sicher fast Herzrasen davon bekam.

»Scheint mir keine großartige Planung zu erfordern«, erklärte sie und tippte lässig auf den Zettel, den er neben den Kaffeeautomaten gelegt hatte.

»Marianne hat oft gesagt, dass zwölf anspruchsvolle Gäste zusätzlich zu den Stammgästen gar nicht so leicht zu bewältigen sind«, widersprach Niklas prompt.

»Lass das meine Sorge sein.« Achselzuckend wandte Laura sich in Richtung Küche. »Ich muss noch jede Menge Lebkuchen backen, bevor wir nachher öffnen«, erklärte sie, als er sich immer noch nicht von der Stelle rührte.

»Die Gruppe erwartet eine perfekte Planung.« Sie hörte, wie er die Espressotasse auf den Unterteller stellte. »Und diese perfekte Planung muss ausgerechnet heute Vormittag stattfinden?«

»Es ist nicht mehr viel Zeit.« Er klang wie jemand, der gewohnt war zu bekommen, was er wollte.

Sie schnappte nach Luft, um zu protestieren, entschied aber, dass es nicht die Mühe wert war. »Dann komm eben mit.«

Sollte er doch neben ihr stehen, während sie die Lebkuchen machte, und dabei über die angeblich so wichtige Reisegruppe schwadronieren. Sie würde einfach nicht zuhören und sich auf ihre Arbeit konzentrieren. Was auch bitter nötig war, denn Backen gehörte nicht zu ihren Lieblingsbeschäftigungen. Allerdings war sie der festen Überzeugung, dass jeder halbwegs intelligente Mensch in der Lage war, die Anweisungen eines Rezepts zu befolgen.

Den Zettel mit Mariannes Rezept hatte sie irgendwo in der Küche hingelegt. Leider wusste sie nicht mehr, wo genau das gewesen war. Offenbar hatten all die Last-minute-Anweisungen ihrer Mutter sie doch ein bisschen überfordert. Und dann war da ja auch noch die Sorge, dass Marianne durch den Mann, in den sie sich Hals über Kopf verliebt hatte, verletzt werden könnte. Schließlich kannte sie ihn kaum, und es war nicht gerade so, dass Marianne seit dem Tod ihres geliebten Mannes viele Erfahrungen in Sachen Liebe gesammelt hatte. Bei so einem Chaos konnte man schon mal vergessen, wo man ein blödes Lebkuchenrezept hingelegt hatte.

Entschlossen riss Laura die Backofentür auf, weil ihr der Backofen gerade als der logischste Ort erschien, ein Backrezept aufzubewahren. Die Backbleche blitzten ihr jedoch blankgeputzt und leer entgegen. Im Laufschritt durchquerte sie die große Küche und lief dabei Niklas, der ihr Tun mit verblüffter Miene beobachtete, fast über den Haufen.

Leise vor sich hin murmelnd öffnete Laura nun die Türen sämtlicher Vorratsschränke.

»Kann ich helfen?«

Als sie sich umdrehte, lehnte Niklas in lässiger Haltung an der Arbeitsplatte aus Edelstahl und grinste sie an.

»Ich gehe nicht davon aus, dass du dich in dieser Küche besser auskennst als ich«, erklärte sie erhaben, während sie den Blick suchend durch den Raum schweifen ließ.

»Wenn die Reisegruppe da ist, helfe ich deiner Mutter gelegentlich.« Niklas kreuzte seine langen Beine, als wollte er es sich am Rand der Arbeitsplatte so richtig bequem machen. »Im Hotel ist es im Dezember eher ruhig. Dafür ist Marianne im Sommer manchmal bei mir eingesprungen.«

»Aha«, machte sie und versuchte, ihr Entsetzen über die Zusammenarbeit zwischen ihrer Mutter und ihrem Feind aus Schulzeiten zu verbergen. Nach kurzer Pause fügte sie hinzu: »Trotzdem wirst du mir nicht helfen können, das Lebkuchenrezept zu finden.«

»Als Kind habe ich oft mit meiner Mutter gebacken, und als Marianne im vergangenen Jahr im größten Stress einmal die Lebkuchen ausgingen, stellte sich heraus, dass ihr Rezept und das meiner Mutter fast identisch sind. Sie nimmt ein bisschen mehr Zitronat, aber dafür …«

»Ich brauche einfach nur den Notizzettel mit dem Rezept, dann komme ich bestens klar.«, unterbrach Laura unbarmherzig seine Schwärmerei über Mandeln und geschmolzene Schokolade. »Und ich brauche meine Ruhe.«

»Gut. Dann komme ich später noch mal wieder.« Niklas nickte ihr ungerührt zu und verließ die Küche.

Sie atmete erleichtert auf und sah auf die Uhr. Es wurde allerhöchste Zeit, mit dem Backen der Lebkuchen zu beginnen. Wenn Kati, die das Rezept wahrscheinlich im Kopf hatte, am frühen Nachmittag kam, war es leider zu spät.

Als ihr Blick auf die Fritteuse fiel, bemerkte sie die weiße Ecke eines Zettels, die aus dem Ritz zwischen Deckel und Behälter lugte. Erschrocken öffnete sie den Deckel und starrte ins kalte Öl. Sie würde es wechseln müssen, so viel stand fest. Mit spitzen Fingern zog sie das Blatt mit den Backrezepten aus dem Fett und hielt es über dem Behälter hoch. Die Schrift war kaum noch zu erkennen. Sie ließ den Zettel zurück ins Öl fallen und lief zur Tür. »Niklas?«

Im Gastraum des Cafés war er nicht mehr zu sehen. Einen Moment zögerte sie. Wenn sie einfach Kati anrief? Aber sie wusste nicht, ob sie sie erreichen würde. Da Kati bis zum Abend arbeiten musste, machte sie vormittags meistens Besorgungen oder Besuche. Und sie weigerte sich strikt, sich ein Handy anzuschaffen.

Laura atmete tief durch und eilte zur Eingangstür. Da Niklas zu Fuß unterwegs war, konnte er in der kurzen Zeit nicht weit gekommen sein.

Allerdings schien er doch ein ziemlich flotter Fußgänger zu sein, denn er hatte schon fast die Straßenecke erreicht.

»Niklas!«, brüllte sie und merkte dann erst, wie kalt es war. Erschaudernd schlang sie die Arme um den Oberkörper, weil sie sich nicht die Zeit genommen hatte, eine Jacke überzuziehen. »Warte bitte!«

Einen Moment glaubte sie, er hätte sie nicht gehört, dann blieb er stehen und wandte sich um. Wild gestikulierend machte sie ihm Zeichen, zurückzukommen.

Er zögerte kurz, dann machte er tatsächlich kehrt. Zitternd vor Kälte wartete sie auf ihn.

»Du liebe Güte! Du hast ganz blaue Lippen«, stellte er fest, als er endlich vor ihr stand.

»Es ist kalt«, erklärte sie überflüssigerweise.

»Warum gehst du denn nicht rein?« Kopfschüttelnd zog er seine Jacke aus und legte sie ihr um die Schultern. Die Wärme seines Körpers traf sie wie ein kleiner Schock. Eine heiße Welle durchlief sie.

»Ich wollte nicht unhöflich sein«, stieß sie hervor. »Ich wollte dich bitten, ob du nicht doch … Also … Der Zettel mit dem Lebkuchenrezept ist in die Fritteuse gefallen.«

Sekundenlang starrte er sie verblüfft an, dann lachte er los. Gleichzeitig schob er sie in Richtung Tür. Als sie beide im Vorraum des Cafés standen, lachte er noch immer.

»Ich weiß nicht, was daran so lustig ist«, sagte sie beleidigt.

»Wirklich nicht?« Er zwinkerte ihr zu.

»Na ja.« Plötzlich musste sie zu ihrer eigenen Überraschung kichern. »Ich gebe zu, es klingt schon ein bisschen seltsam. Aber ich kann fast gar nichts dafür. Ich erinnere mich jetzt, dass ich den Zettel auf das Regal seitlich von der Fritteuse gelegt habe. Durch einen Luftzug muss er dann runtergeweht sein, und weil der Deckel …« Sie stockte, als ihr klar wurde, wie verworren sich ihre lange Erklärung anhören musste. »Normalerweise bin ich gar keine Chaotin«, schloss sie mit einem Schulterzucken.

»Auf keinen Fall«, stimmte Niklas nickend zu.

»Wirklich nicht!« Sie sah ihn prüfend von der Seite an, weil sie nicht sicher war, ob er seine Worte wirklich ernst meinte. »Immerhin bin ich Controllerin in einem Fünf-Sterne-Hotel mit über zweihundert Betten, da muss man den Überblick behalten.«

Inzwischen waren sie in der Küche angekommen. Sie ließ Niklas' wattierte Jacke von ihren Schultern gleiten und legte sie auf einen der Stühle an dem kleinen Tisch in der Ecke. »Überblick wünsche ich mir auch manchmal«, murmelte er vor sich hin.

Erstaunt sah Laura ihn von der Seite an. Hatte der stets so überlegen wirkende Niklas da eben so etwas wie Schwäche gezeigt? Bevor sie etwas sagen konnte, ging er zur Fritteuse und sah interessiert hinein.

»Ich fische den Zettel später raus und wechsle das Öl.« Rasch trat sie neben ihn und schloss den Deckel. »Können wir dann mit den Lebkuchen anfangen? Bitte.«

»Gern.« Sein Lächeln wirkte kein bisschen ironisch, nur warm.

Entschlossen holte sie eine große Metallschüssel aus dem Hängeschrank über der Arbeitsplatte. »Was brauche ich?«, erkundigte sie sich über die Schulter. »Mehl, nehme ich an.«

»Mehl«, wiederholte sie und fand tatsächlich auf Anhieb die große Blechdose, die sie schwungvoll auf die Arbeitsplatte stellte. »Und was sonst noch?«

Niklas nannte ihr die Backzutaten eine nach der anderen und half ihr sogar beim Suchen.

»Wenn du mir Papier und Stift gibst, schreibe ich dir die Mengenangaben fürs nächste Mal auf«, schlug er vor, als sie alles beisammenhatten. »Dann hast du wieder einen Zettel, den du frittieren kannst.«

Sie überhörte großzügig seine spöttische Bemerkung und holte Block und Kugelschreiber.

»Marianne beharrt darauf, dass der Teig besser wird, wenn man ihn mit der Hand knetet, ich finde, die Lebkuchen schmecken keinen Deut weniger gut, wenn man die Küchenmaschine die Arbeit machen lässt.« Nachdem er die Zutaten samt Mengenangaben auf den Zettel gekritzelt hatte, deutete Niklas auf die knallrote Kenwood neben dem Spülbecken.

»Ich mache es so, wie meine Mutter es gut findet.« Laura griff nach dem Mehl.

»Das ist eine ziemlich schweißtreibende Angelegenheit«, warnte er sie.

Wortlos machte Laura sich ans Werk. Sie wollte Niklas, sich selbst und letztlich auch ihrer Mutter beweisen, dass sie der Aufgabe, das *Plaudertäschchen* vertretungsweise zu führen, in jeder Hinsicht gewachsen war.

Zehn Minuten später hatte sie das Gefühl, ihr würden gleich die Arme abfallen. Auf ihrer Stirn bildeten sich kleine Schweißperlen, aber sie konnte sie nicht abtupfen, weil der zähe Lebkuchenteig an ihren Fingern klebte. Vor allem durfte sie sich ihre Anstrengung Niklas gegenüber nicht anmerken lassen. Schließlich hatte sie auch ihren Stolz. Verbissen knetete sie weiter.

Als sie einen Seitenblick in Niklas' Richtung wagte, lächelte er sie harmlos an. Sie verzog die Lippen ebenfalls zu etwas, von dem sie hoffte, dass es wie ein entspanntes Lächeln wirkte.

»Soll ich dich ablösen?«, erkundigte Niklas sich nach einer Weile, als ihre Finger schon ganz gefühllos waren. Er wandte sich dem Spülbecken zu, um sich die Hände zu waschen.

»Nicht nötig«, ächzte sie. »Das sollte doch wohl ohnehin genügen.«

»Na ja, ein bisschen musst du wohl noch weitermachen.« Er deutete auf einen dicken Klumpen Zitronat zwischen ihren Fingern.

Verbissen drückte sie weiter an der klebrigen braunen Masse herum, während sie sich schwor, beim nächsten Mal die Küchenmaschine zu benutzen, ganz gleich wie ihre Mutter Lebkuchen machte.

Irgendwann waren die Zutaten endlich gleichmäßig verteilt, und sie warf den Teig aufatmend in die Schüssel. »Fertig!«

Mit Daumen und Zeigefinger zupfte sie ein Stück ab, und schob es sich in den Mund. Gleich darauf beugte sie sich hustend und spuckend über den Mülleimer in der Ecke.

»Was ist das denn? Das schmeckt einfach nur … eklig?« Wütend wandte sie sich Niklas zu.

Er nahm ein mikroskopisch kleines Fitzelchen von dem Teig und probierte ebenfalls. »Versalzen«, stellte er lapidar fest. »Du hast offensichtlich Zucker und Salz verwechselt. Es heißt, eine Prise Salz und 400 Gramm Zucker, nicht umgekehrt.«

»Dann muss ich noch mal ganz von vorn anfangen.« Da sie selbst die Zutaten abgewogen und in die Schüssel gegeben hatte, konnte sie ihm beim besten Willen nicht die Schuld geben. Sie bemühte sich, die Panik zu unterdrücken, die in ihr aufstieg. In knapp drei Stunden öffnete das Café für den Nachmittag. Bis dahin musste sie die Lebkuchen nicht nur backen, sondern auch mit Schokolade überziehen. Aber es war zu schaffen. Sie würde es schaffen!

Mit Schwung pfefferte sie den versalzenen Lebkuchenteig in den Mülleimer, zog den Block, auf dem Niklas die Zutaten notiert hatte, vor sich auf die Arbeitsplatte und begann ein weiteres Mal mit dem Abwiegen.

»Vielen Dank, Niklas. Ich schaffe das jetzt allein.«

Wenn er nicht mehr da war, würde er nicht sehen, dass sie zum Teigkneten die Küchenmaschine benutzte.

»Es ist kaum noch Orangeat da. Und das Hirschhornsalz reicht auf keinen Fall.« Er deutete auf die betreffenden Päckchen.

Das war der Moment, in dem Laura nur noch wegwollte. Sie konnte das hier einfach nicht! Die Verantwortung für die Kostenrechnung eines Fünf-Sterne-Hotels zu tragen erschien ihr in diesem Moment tausendmal einfacher, als vor Niklas' Augen Lebkuchen zu backen.

»Dann gibt es heute eben keine Lebkuchen. Es sind noch Mohntaler da. Marianne sagt, die Gäste sind ganz verrückt danach.« Sie schob die Schüssel mit den bereits abgewogenen Zutaten weg.

»Sie erwarten aber auch Lebkuchen. Es ist noch genug Zeit«, beruhigte Niklas sie. »Ich helfe dir. Und dieses Mal nehmen wir die Küchenmaschine.«

»Uns fehlen wichtige Zutaten«, erinnerte sie ihn. Orangeat konnte man wahrscheinlich notfalls weglassen, aber Hirschhornsalz auf keinen Fall, dessen war sie sich ziemlich sicher. Und sie wusste, dass Marianne mehr als zehn Kilometer fahren musste, um solche speziellen Lebensmittel zu kaufen.

»Ich besorge alles, was nötig ist. Mit dem Auto bin ich in einer knappen Stunde wieder da. Du kannst die Zeit für andere Arbeiten nutzen, und dann backen wir gemeinsam die Lebkuchen.«

Sie starrte ihn überrascht an. »Das würdest du tun?

Du hast mir schon so viel geholfen. Und dabei …« Fast hätte sie ihn daran erinnert, dass sie sich eigentlich nicht leiden konnten.

»Es wäre sehr nett von dir, die fehlenden Zutaten zu besorgen«, sagte sie stattdessen zögernd.

Während er zur Tür ging, sah sie ihm hinterher. Hatte er schon immer so breite Schultern und so lange Beine gehabt? Sie erinnerte sich nicht, denn schließlich hatte es sie nie interessiert. Und auch jetzt war es ihr natürlich egal. Kopfschüttelnd wandte sie sich den Zuckerstreuern zu, die aufgefüllt werden mussten.

3. Kapitel

Als Niklas am frühen Nachmittag ins Hotel *Alb-Rose* zurückkehrte, war ihm ein wenig übel. Wahrscheinlich hatte er zu viele von den Lebkuchen probiert. Laura und er waren so früh mit dem Backen fertig gewesen, dass noch über eine halbe Stunde Zeit bis zum Öffnen des Cafés gewesen war. Das Ergebnis ihrer gemeinsamen Bemühungen konnte sich durchaus sehen und schmecken lassen.

Während Niklas einen Lebkuchen nach dem anderen aß, beobachtete er Laura, die in der Küche herumwirbelte und die letzten Vorbereitungen traf, bevor das Café öffnete. Sie wirkte erleichtert, weil sie nun doch Lebkuchen anbieten konnte. Doch diese Erleichterung kam in ihren Augen nicht an. Sie waren … traurig. Es gab kein anderes Wort für den matten Glanz, der ihre blaue Iris wie Perlmutt schimmern ließ. Ein bisschen war es, als wäre sie ständig den Tränen nahe, selbst wenn sie lachte.

Seltsamerweise spürte er das Bedürfnis, sie tröstend in die Arme zu nehmen und sich ihre Sorgen anzuhören. Natürlich würde er es nicht tun. Würde sie so etwas überhaupt zulassen? Wahrscheinlich eher nicht. Er wusste aber auch gar nicht, ob er so etwas überhaupt konnte. Er war nie ein Frauenversteher gewesen, und ganz bestimmt würde er ausgerechnet bei Laura nicht damit anfangen, einer zu werden. Er konnte einfach nichts mit ihr anfangen und hatte deshalb bisher auch kaum ein Wort mit ihr gewechselt. Schon während ihrer Schulzeit waren sie sich nicht besonders grün gewesen. Angefangen hatte es damit, dass er sie damals aus Versehen in den Schnee gestoßen hatte.

Als Niklas die Hotelhalle betrat, kam ihm Sonja Siemers entgegen, Lauras Patentante und die beste Freundin ihrer Mutter. Sonja führte den größten Blumenladen in Trillingen und belieferte die *Alb-Rose* regelmäßig mit Blumengestecken für die Halle und das Restaurant.

»Hallo Niklas«, begrüßte sie ihn mit einem Lächeln. »Ich habe die Blumen bei deinem Oberkellner abgegeben. Er sagte mir, du seist im *Plaudertäschchen*, um mit Laura über irgendeine Reisegruppe zu sprechen.«

Er nickte. »Der Leseclub – die Leute kommen jedes Jahr vor Weihnachten.«

»Gab es Schwierigkeiten bei der Planung? Herr Bormann sagte mir, du seist schon seit Stunden weg. Nicht, dass es mich etwas anginge. Aber ich habe versprochen, Laura im Notfall zu helfen.«

»Ich habe ihr beim Lebkuchenbacken geholfen. Mariannes Rezept war im Öl ertrunken, und da habe ich ihr eben mit unserem Familienrezept ausgeholfen – die sind ja fast identisch.« Während er daran zurückdachte, wie einträchtig sie nach den Anfangsschwierigkeiten Hand in Hand gearbeitet hatten, musste Niklas lächeln.

»Ach. Ich dachte ihr könnt euch nicht leiden.« Sonja konnte ein gewisses Erstaunen nicht verbergen.

Lässig zuckte Niklas mit den Schultern. »Marianne helfe ich ja auch manchmal. Und sie mir, seit meine Eltern sich in der Weltgeschichte herumtreiben.« Obwohl er seine Gefühle nicht zeigen wollte, gelang es ihm nicht ganz, den bitteren Tonfall zu unterdrücken.

»Sie sind doch sicher schon fast ein Jahr weg. Wann wollen sie denn zurückkommen?« Sonja sah ihn fragend an.

»Keine Ahnung. Als sie aufbrachen, haben sie verkündet, sie wollten jetzt endlich mal das Leben genießen. Vor ein paar Wochen haben sie eine Segeljacht gechartert und sind jetzt im Indischen Ozean unterwegs. Sie haben zwar ein Satellitentelefon an Bord, aber wie sich neulich herausgestellt hat, kann ich sie trotzdem nicht unbedingt erreichen, wenn es mal dringend ist.«

»Aber du packst das mit dem Hotel richtig gut.« Sonja klopfte ihm in ihrer burschikosen Art anerkennend auf die Schulter. »Schließlich kennst du alles hier seit deiner Kindheit.«

Er nickte. »Alles kein Problem.« Und fuhr nach kurzem Zögern fort: »Sag mal … Ich frage mich … was ist eigentlich damals genau zwischen Sven und Laura geschehen. Sie wirkt so …«

»… traurig und verletzt«, beendete Sonja für ihn den Satz, als er auch nach einer gefühlten Ewigkeit noch überlegte, wie er den Ausdruck in Lauras Augen bezeichnen sollte. »Wenn du das wissen willst, musst du sie schon selber fragen.«

»Na ja, ist ja auch nicht so wichtig«, murmelte er vor sich hin.

Sonja nickte energisch. »Viel wichtiger ist, dass ihr nicht schon wieder jemand wehtut. Behandle sie also bloß nicht wie eine dieser Frauen, mit denen du dich gern mal für ein paar Wochen vergnügst, um sie dann wie eine heiße Kartoffel fallen zu lassen! Dann bekommst du es nämlich mit mir zu tun.« Ihr funkelnder Blick verhieß nichts Gutes.

»Warum sollte ich? Laura und ich kennen uns schon ewig, da ist nie was gelaufen«, beteuerte er hastig. »Außerdem …«

Sonja schien nicht zu interessieren, was er sonst noch zu diesem Thema zu sagen hatte. Sie sah auf ihre Armbanduhr und unterbrach das Gespräch. »Oh, ich muss los. Mach's gut, Niklas.«

»Du auch, Sonja.« Niklas sah ihr nachdenklich hinterher. »Außerdem ist das mit den Affären ein für alle Mal vorbei«, murmelte er dabei vor sich hin. »Irgendwann wird jeder erwachsen.«

Dann drehte er sich um, unterdrückte einen Seufzer und machte sich auf den Weg ins Büro. Warum glaubten eigentlich alle, dass es so einfach für ihn war, von einem

Tag auf den anderen das Hotel ganz allein zu führen? Es waren weniger die Entscheidungen, die zu treffen waren, als die unzähligen Aufgaben, die er im Laufe einer Woche zu bewältigen hatte. Wie behielt man den Überblick, versäumte keine Termine und fand nebenbei auch noch Zeit zum Schlafen?

Als er sich hinter den Schreibtisch setzte, auf dem sich die unerledigten Briefe und Abrechnungen stapelten, ertappte er sich dabei, wie er sehnsüchtig an die Küche des kleinen Cafés zurückdachte. Es war so schön gewesen, sich dort für ein paar Stunden nur auf eine Sache zu konzentrieren und anschließend gemeinsam mit Laura diesen kleinen Erfolg zu genießen.

Er verdrängte diese Gedanken sofort wieder und schlug den obersten Aktenordner auf.

*

»Die sind dir ja wirklich wunderbar gelungen! Und das beim ersten Mal.« Bewundernd betrachtete Sonja einen der mit glänzender Zartbitterglasur überzogenen runden Lebkuchen und biss anschließend herzhaft hinein. »Und dann schmecken sie auch noch toll«, stellte sie mit vollem Mund fest.

»Ich habe sie nicht allein gebacken«, gab Laura widerstrebend zu.

»Ich weiß. Niklas hat dir geholfen.«

»In diesem Kaff bleibt ja wohl nichts verborgen!« Mit

lautem Scheppern legte Laura den Deckel zurück auf den Glühweinkessel.

»Jedenfalls bleibt *mir* kaum etwas verborgen«, behauptete Sonja lächelnd.

»Haha.« Laura wandte sich hastig ab und griff nach dem Tablett mit frisch eingeschenktem Glühwein, um es in den Gastraum zu tragen. Sonja war am späten Nachmittag vorbeigekommen, um ihre Hilfe anzubieten, doch bis jetzt hatten Laura und Kati die Arbeit im Café gut im Griff.

Zum Glück war an diesem Mittwoch der Trubel nicht allzu groß. Obwohl Laura noch keine Routine hatte, gelang es ihr, die Getränke-Bestellungen so zügig abzuarbeiten, dass Kati nur ab und zu ungeduldig den Mund verzog.

Jetzt stand Kati schon seit einigen Minuten an Bernhard Rieges Tisch und plauderte mit dem älteren Herrn. Mit einem unterdrückten Seufzer studierte Laura den Bon für vier Gläser Glühwein, den Kati ausgedruckt hatte. An welchen Tisch sollte der Glühwein noch gleich gehen? Na ja, so groß war das Café ja nicht, da würde sie den richtigen Tisch schon finden.

»Ich bringe mal schnell die Bestellung weg«, sagte sie über die Schulter zu Sonja, die an dem kleinen Tisch in der Küche saß.

Um ein Haar hätte die Schwingtür zum Gastraum die Gläser von Lauras Tablett gefegt. Das musste sie noch üben. Hinter dem Tresen blieb sie stehen und ließ den

Blick suchend über die Tische schweifen. Sie sah nur einen Tisch, an dem vier Personen saßen. Auf den steuerte sie zu.

»Vier Glühwein«, verkündete sie in munterem Ton und begann, die Gläser auf dem Tisch zu verteilen.

Die vier Männer schwiegen, bis vor jedem von ihnen der Glühwein dampfte. »Das ham wir nicht bestellt«, erklärte dann Richard Kramer, der örtliche Installateur, den Laura schon seit ihrer Kindheit kannte.

»Warum sagen Sie dann nichts?« Fassungslos starrte Laura dem Mann ins unbewegte Gesicht.

»Ich sag doch was«, brummte Kramer, ohne eine Miene zu verziehen. »*Wir haben das nicht bestellt*.«

»Wir trinken kein' Glühwein.« Mit dem Zeigefinger, unter dessen Nagel ein wenig hellgrauer Kitt zu erkennen war, deutete der Glaser Fred Hansen auf die noch zur Hälfte gefüllten Biergläser auf dem Tisch.

»Tut mir leid, dann habe ich mich wohl vertan.« Es kostete Laura einige Mühe, gelassen zu wirken. Selbst die größten Krisen im Controlling zerrten nicht halb so sehr an ihren Nerven wie diese absurde Unterhaltung.

»Vielleicht sollten wir's heute doch noch mal mit Glühwein probieren, damit das arme Mädchen das Zeug loswird. Sie hat schon genug durchgemacht«, schlug Kramer mit einem mitleidigen Blick vor.

Laura zuckte zusammen. Sogar die vier Handwerker waren bereit, aus lauter Mitgefühl Glühwein zu trinken, den sie offenbar gar nicht mochten. Alle wussten Bescheid. Das war der Fluch der Kleinstadt – man konnte sich mit seinem Schmerz nicht in der Menge verstecken.

»Nicht nötig«, stieß sie mit gepresster Stimme hervor, stellte die Gläser wieder aufs Tablett und eilte entschlossen zurück in die Küche. Hier sah Sonja erstaunt zu, wie sie den inzwischen lauwarmen Glühwein in den Ausguss schüttete.

»Ich weiß nicht, wer das Zeug bestellt hat, und jetzt ist es kalt.« Zu ihrem eigenen Erstaunen spürte Laura, dass ihr Tränen in die Augen stiegen. In ihrem Job musste sie ständig Probleme lösen. Wieso stand sie in dem kleinen Café ihrer Mutter bei jeder Kleinigkeit kurz vor einem Heulkrampf?

Dass Sonja jetzt auch noch aufstand und sie tröstend in die Arme nahm, war auch nicht gerade hilfreich. Prompt verschwamm die ganze Küche hinter einem Tränenschleier. Hastig löste Laura sich aus der Umarmung, wischte sich mit dem Handrücken über die Augen und atmete tief durch.

»Es kann doch nicht so schwierig sein, ein paar Leuten Getränke, Sandwiches und Kekse zu servieren!«

»In ein paar Tagen bist du perfekt darin.« Sonja war schon dabei, frische Gläser mit heißem Glühwein zu füllen.

»Aber ich weiß nicht mehr, wer das Zeug bestellt hat! Kati hat es gesagt, aber ich erinnere mich nicht. Und ich will sie jetzt nicht stören.« Nur mit Mühe bewahrte Laura die Fassung. Was war nur mit ihr los?

»Komm mit, ich zeige dir, wie Marianne das macht, wenn sie bei Hochbetrieb den Überblick verliert. Das passiert ihr nämlich auch manchmal.« Sonja nahm das Tablett mit den dampfenden Gläsern und marschierte damit durch die Schwingtür in den Gastraum. Eilig folgte Laura ihr.

»Frischer Glühwein. Wer hat welchen bestellt?« Sonjas klare Stimme übertönte Gemurmel, Gelächter und die Weihnachtsmusik aus den Lautsprechern. Sofort hoben ein junges Paar an einem Fenstertisch und zwei Frauen im mittleren Alter die Köpfe und begannen heftig zu winken. Erschöpft sah Laura zu, wie Sonja den vier Gästen fröhlich den Glühwein servierte.

»Wie geht es dir denn, Laura-Kind?«

Als jemand von hinten an ihrer Bluse zog, zuckte Laura zusammen. Sie drehte den Kopf und sah den graugelockten Kopf von Gerda Klein, die während Lauras gesamter Kindheit und Jugend ihre Nachbarin in der kleinen Reihenhaussiedlung gewesen war. Marianne hatte erst kurz nach Lauras Auszug vor knapp zehn Jahren das Café eröffnet und war in die darüberliegende Wohnung gezogen. Seitdem kam Gerda mehrmals in der Woche auf einen Kaffee und einen Plausch vorbei.

»Guten Tag, Frau Klein.« Laura bemühte sich um ein heiteres Lächeln. Natürlich freute sie sich, die alte Frau wiederzusehen, die ihr früher immer Brötchen mit selbstgemachter Himbeermarmelade geschmiert hatte. Da Gerda Klein Schneiderin war, hatte sie Laura manchmal aus Stoffresten ein Kleid genäht. Zum Glück reichten später die Reste nicht mehr aus, denn das modische Gespür der älteren Dame entsprach nicht unbedingt dem Geschmack eines Teenagers.

Nervös wich Laura dem forschenden Blick ihrer ehemaligen Nachbarin aus und zupfte an ihrem Halstuch herum. »Es ist Weihnachtszeit, ich bin endlich mal wieder für längere Zeit in meiner Heimatstadt, und hier im Café läuft alles bestens. Es gibt keinen Grund zur Klage.«

»Wirklich?« Gerda runzelte die Stirn.

Laura nickte und presste die Lippen aufeinander.

»Ich würde jetzt sagen, die Zeit heilt alle Wunden, aber es ist schon so lange her, mein Kind.« Besorgt kniff Gerda Klein die Augenlider zusammen, während ihr Blick immer noch auf Laura ruhte. »Es ist schade, dass es mit Sven und dir nicht geklappt hat. Aber nur weil du einmal enttäuscht worden bist, heißt das nicht, dass es immer wieder passiert.«

»Ich weiß.« Laura unterdrückte einen Seufzer und versuchte halbwegs unbekümmert zu klingen. »Das kleine Traumpaar war eben letzten Endes ein Albtraumpaar«, erklärte sie leichthin. Zumindest hoffte sie, dass es so klang.

»Nur weil die Leute in der Stadt euch *kleines Traumpaar* genannt haben, muss es nicht so gewesen sein.« Tröstend strich Gerda ihr über den Arm. »Ihr wart seit der Schulzeit zusammen und saht immer so süß zusammen aus. Aber das heißt ja nicht, dass ihr wirklich gut zusammengepasst habt. Manchmal entwickeln sich Menschen in unterschiedliche Richtungen.«

»In unterschiedliche Richtungen entwickeln kann man es auch nennen, wenn ein Mann einem erst einen Ring ansteckt und ein paar Tage später …«

»Wir nehmen statt der zwei Glühwein drei«, rief irgendjemand quer durchs Café. »Karl ist eben gekommen.«

Laura blickte sich hektisch um, doch Sonja, die sich wenige Meter entfernt am Kaffeeautomaten zu schaffen machte, winkte fröhlich in die Richtung, aus der die Bestellung gekommen war. »Hallo, Karl. Der Glühwein kommt gleich.«

»Ich muss leider weitermachen, Frau Klein. Die Gäste warten.« Laura war insgeheim froh über die Unterbrechung.

Zurück in der Küche, hob sie den Deckel des großen Topfs, in dem sie den Glühwein auf dem Herd warm hielt, und starrte nachdenklich in die dampfende Flüssigkeit. Der würzige Duft schien ihr direkt in den Kopf zu steigen, und die Bilder, die sie mit aller Kraft verdrängt hatte, waren von einer Sekunde auf die andere wieder da. In leuchtenden Farben, als hätte jemand die Uhr um zwei Jahre zurückgestellt.

»Um Himmels willen, du bist ja ganz bleich, Laura!«

Als Sonja sie von der Seite ansprach, erschrak sie so sehr, dass ihr der Topfdeckel aus den Fingern glitt und mit lautem Scheppern auf den Fliesenboden fiel.

»Was ist denn mit dir? Bist du krank?« Sonja hob den Deckel auf, wischte ihn mit einem Geschirrtuch ab und legte ihn zurück auf den Topf. Dann sah sie Laura forschend ins Gesicht.

Blicke wie dieser begegneten ihr in Trillingen an jeder Ecke und quälten sie, als würde man ihr kleine, spitze Nadeln ins Herz bohren. Genau dorthin, wo sie ihre schmerzhaftesten Erinnerungen vergraben hatte.

»Wenn ich eine kurze Pause machen kann, geht es gleich wieder«, beteuerte sie.

»Gut. Dann geh nach oben und leg dich ein bisschen hin. Ich mache das hier mit Kati schon.« Tatkräftig griff Sonja erneut nach dem Tablett.

»Danke«, flüsterte Laura und stieg langsam die Treppe zur Wohnung hinauf. Dort setzte sie sich an den Küchentisch und nahm das oberste Blatt von dem bunten Papierstapel, der dort lag. Mit flinken Fingern faltete sie einen Vogel – keinen goldenen Stern, wie es der Jahreszeit entsprochen hätte, sondern ein Frühlingssymbol und ein Ausdruck ihres Wunsches, im übertragenen Sinne so bald wie möglich die Flügel auszubreiten und weit, weit fortzufliegen. Irgendwohin, wo sie ganz neu anfangen konnte, ohne schmerzliche Erinnerungen.

4. Kapitel

Nachdem sie das Café gegen neunzehn Uhr geschlossen hatte, brach Laura zu einem Abendspaziergang auf. Sie brauchte unbedingt Sauerstoff und Bewegung. Die eisige Luft prickelte wie Sekt auf ihrer Haut, und der Sternenhimmel spannte sich wie ein mit Goldfäden besticktes Tuch über dem Städtchen, als sie aus der Tür trat und den Weg in Richtung Zentrum einschlug. Das Licht der Straßenlaternen brachte den Schnee an den Straßenrändern und auf den Zweigen der Bäume zum Funkeln.

Laura schob die Hände tief in die Jackentaschen, vergrub ihr Kinn in der weichen Wolle ihres Schals und marschierte los. Wenige Minuten später durchquerte sie gedankenverloren die Fußgängerzone, über der im Dezember unzählige aus kleinen Glühbirnen geformte Sternschnuppen im Wind schaukelten.

»Hallo Laura.«

Die dunkle Stimme ließ sie erschrocken herumfahren. Sie hatte nicht bemerkt, dass sie soeben an der Eingangstür der *Alb-Rose* vorbeigegangen war, und auch die breitschultrige Gestalt neben dem hübsch geschmückten Tannenbaum war ihr nicht aufgefallen.

Obwohl er über seinem blauen Hemd nur ein Jackett trug, schien Niklas nicht zu frieren. Allerdings wärmte er seine Finger an einem dampfenden Steingutbecher.

»Hey Niklas«, erwiderte sie, unschlüssig, ob sie stehen bleiben und ein paar Worte mit ihm wechseln sollte. Trotz der gemeinsamen Stunden in der Küche kam er ihr plötzlich wieder sehr fremd vor.

Indem er lächelnd auf sie zukam, nahm er ihr die Entscheidung ab. »Hast du Lust auf einen Tee?«

Der Gedanke an eine Tasse heißen Tee war bei dieser Kälte äußerst verführerisch. Ohne lange zu überlegen, nickte sie.

*

Seltsamerweise war er erstaunt, als Laura seine Einladung annahm und ihm in die Hotelhalle folgte. Während der Stunden, die sie bisher zusammen verbracht hatten, war bis auf wenige Augenblicke eine unsichtbare Mauer zwischen ihnen gewesen. Eine Mauer, mit der Laura sich umgab. Was in ihm den überraschenden Wunsch geweckt hatte, auf irgendeine Weise diesen Schutzwall zu durchdringen. Denn er wollte wissen, was sich dahinter verbarg. Und er wollte es schaffen, den Schmerz in ihren Augen verschwinden zu lassen.

In der Halle saßen um diese Zeit nur noch zwei ältere Geschäftsmänner beim Cognac. Die anderen kleinen Tische, auf denen jeweils eine dicke rote Kerze in einem mit bunten Weihnachtskugeln gefüllten Glaszylinder brannte, waren nicht besetzt. Niklas führte Laura zu seinem Lieblingstisch in der Fensternische. Hier konnte man von bequemen Sesseln aus den geschmückten Tannenbaum vor der Tür und ein Stück der weihnachtlich beleuchteten Straße sehen.

Beim Hausdiener bestellte er ein Glas Assam für sie, nachdem er sich vergewissert hatte, dass sie nicht lieber Kaffee wollte.

»Tee ist wunderbar. Hauptsache heiß«, flüsterte sie und umschlang ihren Oberkörper mit beiden Armen, obwohl sie noch ihre dicke Jacke trug und die Halle gut geheizt war.

Sie wirkte müde, war blass und blickte suchend an ihm vorbei durchs Fenster hinaus auf die Weihnachtsbeleuchtung und die schneebedeckten Bäume vor dem Hotel.

»Geht es dir nicht gut? Kann ich dir irgendwie helfen?« Erst als die Worte bereits heraus waren, fiel ihm auf, dass er etwas Derartiges normalerweise nicht zu Frauen sagte. Schließlich hatten die meisten von ihnen eine beste Freundin, mit der sie über ihre Sorgen sprechen konnten.

»Alles gut«, behauptete sie und legte ihre Hände vor sich auf den Tisch. Ihre Fingerspitzen waren blau gefroren, und er hätte sie am liebsten mit seinen Händen bedeckt, um sie zu wärmen.

Der Hoteldiener stellte ein dampfendes Teeglas vor Laura auf den Tisch. Sie legte ihre Hände um das warme Glas, bevor sie es an die Lippen hob und daran nippte.

»Es wundert mich, dass du dir plötzlich Sorgen um mein Wohlergehen machst. Schließlich waren wir immer so was wie beste Feinde«, stellte sie fest. Um ihre Mundwinkel zuckte ein Lächeln, und im Licht der Kerze, die zwischen ihnen auf dem Tisch brannte, schimmerten ihre Augen dunkelblau wie schwerer Samt.

»Was ist eigentlich vor zwei Jahren kurz nach Weihnachten zwischen Sven und dir vorgefallen? Ihr wart seit der Schulzeit zusammen, und dann war plötzlich von jetzt auf gleich Schluss. Dabei munkelte man von einer Verlobung …« Im selben Moment, in dem die Frage heraus war, wusste er, dass es ein Fehler gewesen war, sie so offen zu stellen.

Mit einer fahrigen Bewegung stellte sie ihr Teeglas auf den Tisch und sprang auf. »Ich gehe dann lieber!«, stieß sie hervor. »Wenn du unbedingt wissen willst, was zwischen mir und deinem Cousin passiert ist, kannst du das ganz leicht rausfinden. Die halbe Stadt weiß davon. Und ausgerechnet du nicht?«

Sie sprach so laut, dass die beiden Männer am anderen Ende der Halle aufmerksam wurden und ihr hinterherblickten, während sie zum Ausgang lief.

Niklas war so verdutzt, dass er einen Augenblick

brauchte, bevor er ebenfalls aufsprang und ihr folgte. Als er aus der Tür trat, war sie schon einige Meter vom Hoteleingang entfernt.

»Warte, Laura!« Der eisige Wind riss ihm den Atem in weißen Fetzen von den Lippen.

Natürlich dachte Laura nicht daran, stehen zu bleiben. Niklas lief los, wäre auf einer vereisten Stelle fast ausgerutscht, erreichte sie schließlich und packte sie bei den Schultern. Mit einer ruckartigen Armbewegung wollte sie seine Hände abschütteln, doch das ließ er nicht zu.

»Ich wollte dich nicht verletzen«, keuchte er. »Was auch immer passiert ist, auf keinen Fall weiß die ganze Stadt Bescheid. Ich jedenfalls nicht. Das Einzige, was ich genau weiß, ist, dass du traurig aussiehst.«

Unter seinen Handflächen spürte er, wie sie leicht zusammenzuckte. Dann ging ein Ruck durch ihren Körper, und ihre Miene war plötzlich gleichmütig, als hätte sich eine Maske über ihr Gesicht gelegt. »Erstens geht dich das nichts an. Und zweitens stimmt es nicht. Lass dir ja nicht einfallen, Sven gegenüber zu behaupten, ich würde ihm immer noch nachtrauern!«

»Wie käme ich dazu«, sagte er hastig. »Außerdem habe ich gar keinen Kontakt zu ihm. Du weißt ja, dass wir noch nie so was wie Freunde waren. Er arbeitet seit über einem Jahr in einem Hotel in Dubai als Empfangschef. Große Karriere und so.«

»Ja. Dabei dachte ich immer …« Laura stockte und starrte aus der Entfernung den geschmückten Baum neben dem Hoteleingang an, schien ihn aber gar nicht richtig wahrzunehmen. Plötzlich schüttelte sie den Kopf, als würde sie aus einem Traum erwachen und richtete ihren Blick wieder auf ihn. »Ist aber auch egal. Dubai … interessant.«

»Nicht wahr? In meiner Verwandtschaft ist das Reisefieber ausgebrochen. Meine Eltern hat es ja auch ganz überraschend in die Ferne gezogen. Manchmal denke ich, sie haben gar nicht die Absicht, irgendwann wieder zurückzukommen.«

Als er an seinem linken Hosenbein eine sanfte Berührung spürte, sah er erstaunt nach unten. Bingo, der hellbraune Spaniel seiner Mutter, schmiegte sich an seine Wade. Jemand hatte wohl die Tür zum Empfangsbüro geöffnet, wo Niklas ihn zurückgelassen hatte.

»Er vermisst meine Mutter wirklich sehr. Und jetzt verhält er sich, als hätte er Angst, ich könnte auch noch verschwinden.«

Laura hockte sich hin und kraulte Bingo die langen Schlappohren. »Was für ein süßer Hund.« Dann richtete sie sich langsam wieder auf und sah Niklas mitfühlend an. »Deine Eltern fehlen dir sehr, nicht wahr?«

Er glaubte ihren Duft wahrzunehmen. *Frühling im Dezember*, ging es ihm durch den Kopf. Doch gleichzeitig meinte er einen zarten Hauch von Anis und Zimt zur riechen. Süßlich und tröstend. Vielleicht war es aber auch nur die Erinnerung daran, wie sie gemeinsam gebacken hatten. An die warme Küche und an die Momente, in denen Laura ganz unvermittelt den Kopf in den Nacken gelegt und laut gelacht hatte, als wäre für ein paar Sekunden die unsichtbare Last von ihren Schultern gefallen, die sie mit sich herumzutragen schien.

Als Antwort auf ihre Frage zuckte er mit den Achseln. »Natürlich vermisse ich sie dann und wann. Aber ich bin kein kleiner Hund. Ich bin erwachsen und habe Freunde, kenne fast jeden in der Stadt …« Er stockte, weil er sich fragte, wie er sein Problem in Worte fassen sollte. Doch dann ließ er es lieber sein. Er musste sich eingestehen, dass er vor Laura eine gute Figur machen wollte – denn aus irgendeinem Grund wollte er, dass sie ihn mochte.

»Aber …?«, erkundigte sie sich, während ihr Blick prüfend auf ihm ruhte.

»Nichts aber«, sagte er schnell. »Meine Eltern haben so viele Jahre hart gearbeitet und sich eine Auszeit verdient.«

Sie zog die Schultern in der wattierten Jacke hoch. »Da hast du wohl recht. Na ja … Es ist schon spät, und mir wird langsam kalt. Und du holst dir bestimmt auch noch was weg, so dünn wie du angezogen bist.«

»Ich friere nicht«, behauptete er kühn. Bevor sie ging, wollte er ihr gern wenigstens ein kleines Lächeln aufs Gesicht zaubern. »Der Leseclub reist in drei Tagen an, und es gibt noch einiges zu klären. Vielleicht sollten wir das jetzt gleich machen.«

»Ich muss wirklich zurück. Ruf mich einfach an. Gute Nacht, Niklas.« Ihre Atemwölkchen segelten im Licht der Weihnachtsbeleuchtung auf ihn zu und lösten sich auf, bevor sie ihn erreichten.

»Gute Nacht«, erwiderte er und sah ihr hinterher, bis sie um die Ecke verschwunden war. Dann erst ging er wieder ins Hotel, Bingo folgte ihm dicht auf den Fersen.

5. Kapitel

»Neununddreißig Fieber?«, wiederholte Laura entsetzt und umklammerte das Telefon so fest, dass ihre Handfläche schmerzte.

»Der Doktor meint, ich muss mindestens eine Woche das Bett hüten«, jammerte Kati. »Es ist eine *richtige Grippe*, nicht nur ein grippaler Dingsbums.« Wie zum Beweis dröhnte ohrenbetäubender Husten durch die Leitung.

»Natürlich musst du im Bett bleiben, wenn der Arzt das sagt«, betonte Laura, um gleich darauf zu klagen: »Aber was soll ich bloß ohne dich machen?«

»Du musst eine Aushilfe einstellen«, krächzte Kati, nachdem sie sich von ihrem Hustenanfall erholt hatte. »Häng einfach einen Zettel an die Tür.«

Laura presste nachdenklich die Lippen aufeinander. Sie musste unbedingt in der Schweiz anrufen und ihre Mutter um Rat fragen.

»Und sag auf keinen Fall Marianne etwas! Sie bringt es fertig und kommt nach Hause.«

Laura zuckte zusammen. Konnte Kati etwa Gedanken lesen? Nachdenklich zupfte Laura an ihrer Unterlippe. Vielleicht war es gar nicht so schlecht, Marianne auf diese Weise von weihnachtsbedingten sentimentalen Kurzschlusshandlungen abzubringen.

»Versprich mir, dass du es ihr nicht verrätst!«, drängte Kati mit heiserer Stimme.

Laura zögerte nur kurz, bevor sie Kati das geforderte Versprechen gab. Eigentlich hatte sie ja beschlossen, ihre Mutter selbst über ihr Glück oder ihr Unglück entscheiden zu lassen.

Nachdem sie Kati gute Besserung gewünscht hatte, griff Laura zu Zettel und Stift, um einen Aushang für die Eingangstür des Cafés zu formulieren.

Als das Telefon erneut läutete, dachte sie sofort: Niklas! Seit ihrer abendlichen Begegnung vor dem Hotel waren drei Tage vergangen. Obwohl sie ihm gesagt hatte, er solle sie anrufen, hatte er sich bisher noch nicht gemeldet.

»Hallo, meine Süße. Wie geht es dir?« Die Stimme ihrer Mutter klang so nah, als würde sie direkt neben ihr stehen. »Hast du das *Plaudertäschchen* im Griff?«

»Ich mache Fortschritte. Es kommt nur noch selten vor, dass ich mit einem vollen Tablett herumirre und mich nicht erinnern kann, wer die Getränke bestellt hat.« Sie lachte nervös in den Hörer. »Allerdings hat Kati eben angerufen …« Die Worte waren heraus, bevor sie etwas dagegen tun konnte. Sie biss sich so heftig auf die Unterlippe, dass es schmerzte.

»Was ist mit Kati?« Sofort klang Marianne alarmiert.

»Nichts«, stieß Laura hastig hervor. »Sie muss zum Arzt, aber es ist nichts Schlimmes.« Das war nicht gelogen!

»Ist sie krank? Kann sie nicht zur Arbeit kommen?«

»Nein, nein, es ist alles in Ordnung. Wirklich«, beteuerte Laura. Falls Marianne wegen Katis Grippe vorzeitig nach Hause kam, würde Kati wahrscheinlich nie wieder ein Wort mit Laura wechseln.

»Selbst ohne Kati käme ich irgendwie zurecht. Es gibt eine Menge Leute, die mir im Notfall helfen würden. Sonja zum Beispiel … und Niklas auch.«

»An Niklas kannst du dich tatsächlich mit allen Problemen wenden. Er kennt sich schließlich in der Branche und in Trillingen aus. Seit seine Eltern auf Reisen sind, habe ich ihm auch öfter mal geholfen. Allerdings hätte ich nicht gedacht, dass du und er …«

»Es wird Zeit, die alten Geschichten zu vergessen«, unterbrach Laura sie eilig. »Niklas ist gar kein so übler Typ. Und wie sieht es bei euch in der Schweiz aus?«, wechselte sie das Thema. »Kann Urs bald wieder laufen?«

»So schnell heilt ein doppelter Bruch leider nicht. Aber ansonsten geht es ihm gut. Wir sitzen fast den ganzen Tag am Kamin, reden, hören Musik, trinken Tee und Rotwein – manchmal lesen wir uns sogar gegenseitig Weihnachtsgeschichten vor.« Das Kichern ihrer Mutter klang mädchenhaft und ein wenig verlegen.

Laura rollte mit den Augen. »Hört sich an, als hätte die Weihnachtsromantik euch voll im Griff.«

»Stimmt. Wir genießen die Adventszeit in vollen Zügen. Ich bin so froh, dass ich hier sein kann. Danke noch mal, mein Kind.«

»Das mache ich gern«, behauptete Laura und meinte es auch so. »Pass einfach auf, dass er dir nicht wehtut.«

»Mach dir keine Sorgen, Laura-Kind. Alles wird gut.«

»Ja. Natürlich, Mama.« Sie klang wahrscheinlich nicht so überzeugend, wie sie es gern gehabt hätte.

»Sonja hat mir erzählt, dass du dich gut eingelebt hast«, wechselte Marianne das Thema. »Es wurde aber auch Zeit für deine Heimkehr, wir haben schon viel zu lange darauf gewartet. Kein Mann ist es wert, dass ...«

»Ich muss jetzt wirklich nach unten und alles für den Nachmittag vorbereiten, Mama.«

»Dann will ich dich nicht aufhalten«, lenkte Marianne sofort ein.

»Alles klar. Grüß Urs von mir. Unbekannterweise.«

»Danke. Vielleicht lernt ihr euch ja bald einmal kennen.« Durch Mariannes Worte tanzte ein kleines Lachen.

»Vielleicht.« Obwohl sie sich große Mühe gab, machte es Laura Angst, dass ihre Mutter so glücklich klang. Leider wusste sie aus eigener Erfahrung, dass der Schmerz besonders schlimm war, wenn man aus großer Höhe fiel.

*

»Hier vorn sollten nur zwei Tische stehen. So ist es viel zu eng zum Servieren.« Unwillig schob die Frau mit dem forschen eisengrauen Kurzhaarschnitt auf dem Weg zur Tür einen Stuhl zur Seite. Sie hatte sich auf den Zettel an der Tür hin als Aushilfskellnerin beworben und war nicht müde geworden zu verkünden, dass sie in diesem Job sehr viel Erfahrung hatte. Deshalb ließ sie sich auch nicht nehmen, die Art der Serviertabletts, die angeblich zu kleinen Tassen und die ihrer Meinung nach zu hohen Gläser zu kritisieren, die sie dennoch äußerst geschickt durch den Raum balancierte.

Aus den bis zum Rand mit Wasser gefüllten Gläsern schwappte kein einziger Tropfen über. In dieser Hinsicht war sie ein Traum von einer Serviererin – wäre da nicht die Tatsache gewesen, dass sich die ganze Zeit nicht die leiseste Andeutung eines Lächelns auf ihre Lippen verirrte. Der Gedanke, mit dieser Frau zusammenzuarbeiten, bereitete Laura Bauchschmerzen.

Zum Glück hatte sich im Laufe des Tages noch eine zweite Bewerberin gemeldet, der Laura einen etwas späteren Vorstellungstermin, ebenfalls abends nach Feierabend, gegeben hatte. Die junge Frau, die das Café betrat, kurz nachdem ihre Konkurrentin es verlassen hatte, war das komplette Kontrastprogramm zur gestrengen Frau Müller. Sie war Anfang 20, trug einen dicken schwarzen Lidstrich, und in ihrem platinblond gefärbten Haar leuchtete eine blaue Strähne.

»Hallo. Ich bin Jacqueline«, begrüßte sie Laura mit einem strahlenden Lächeln. »Dieses Café ist wirklich süß! Und wie gut es hier nach Kaffee und Lebkuchen duftet!«

»Danke.« Nach der schlecht gelaunten Elvira Müller wirkte die lockere Heiterkeit der jungen Frau geradezu überwältigend warmherzig. Laura atmete tief durch und besann sich darauf, dass es leider mit einem Lächeln allein nicht getan war. Schließlich mussten die Gäste auch ihren Glühwein, ihren Kaffee und ihre Lebkuchen bekommen. »Haben Sie schon mal als Kellnerin gearbeitet?«

Jacqueline schüttelte so heftig den Kopf, dass ihre gefärbte Haarsträhne wie ein blauer Blitz durch die Luft wirbelte. »Nein. Aber ich traue mir das zu.«

Laura war fast geneigt, die Unerfahrenheit ihrer zweiten Bewerberin als Vorteil zu betrachten. Immerhin würde Jacqueline nicht sofort die ganze Einrichtung ändern und das komplette Geschirr ersetzen wollen.

»Wir werden sehen«, bremste sie dennoch in betont geschäftsmäßigem Ton den Überschwang der Bewerberin und betrachtete sie dabei prüfend. »Stammen Sie hier aus der Gegend? Ich habe Sie noch nie gesehen, dabei bin ich hier aufgewachsen und zur Schule gegangen.«

»Nein. Ich bin in Essen geboren, und da studiere ich jetzt auch. Meine Eltern haben sich vergangenes Jahr hier in Trillingen zur Ruhe gesetzt, weil sie früher immer so gern auf der Alb Urlaub gemacht haben. Im Herbst war meine Mutter sehr krank, und ich habe mich für ein Semester beurlauben lassen, um ihr und meinem Vater beizustehen.«

»Das tut mir leid«, murmelte Laura.

»Oh. Entwarnung. Es geht ihr schon wieder viel besser.« Jacqueline wedelte fröhlich mit der Hand durch die Luft. »Deshalb dachte ich, ich könnte mir nebenbei ein bisschen was verdienen. Mein iPad ist mittlerweile unglaublich lahm. Da ist was Neues fällig.«

»Gut. Dann versuchen Sie doch bitte mal, dieses Tablett zu dem Fenstertisch da hinten zu bringen.« Auf dem Tresen stand noch das Servierbrett mit den vier gefüllten Wassergläsern, mit dem Frau Müller so gekonnt durch den Raum geschritten war, während sie gleichzeitig über die vollkommen falsche Verteilung der Tische lamentiert hatte.

»Klar. Kein Problem.«

Interessiert beobachtete Laura, wie Jacqueline auf ihren hohen Absätzen zum Tresen stakste, lässig nach dem Tablett griff und es hochhob. Die ersten Schritte schaffte sie problemlos, dann lief sie gegen einen Tisch, und ein Teil des Wassers schwappte über.

»Hoppla. Kommt nicht wieder vor«, sprach sie sich selbst Mut zu und marschierte tapfer weiter.

»Gut, dass ich dich noch hier unten antreffe, Laura.«

Als von der Tür her die volltönende Männerstimme kam, wandten Jacqueline und Laura gleichzeitig die Köpfe. Die Gläser auf dem Servierbrett klirrten unüberhörbar, Jacqueline balancierte sie jedoch erstaunlich geschickt aus. Allerdings schien sie ihren Auftrag, das Tablett zum Fenstertisch zu tragen, vollkommen vergessen zu haben. Wie erstarrt stand sie da und musterte Niklas, der mit windzerzausten Haaren am Eingang stand, aus großen Augen. Bingo drängelte sich an den Beinen seines Herrn vorbei, schüttelte sich einmal kräftig und lief dann schwanzwedelnd kreuz und quer durch den Raum.

Niklas folgte ihm langsamer, ging allerdings geradewegs auf Laura zu. »Wer ist das?«, erkundigte er sich leise, als er direkt vor ihr stand.

»Meine neue Aushilfskellnerin. Kati hat die Grippe.« Es war eine spontane Bauchentscheidung, die unbekümmerte Jacqueline Beyer der sauertöpfischen Elvira Müller vorzuziehen. Frau Müller mochte unglaublich viel Erfahrung haben, aber Jacqueline war ebenfalls in der Lage, ein paar Gläser durch den Raum zu balancieren – und bei ihr wirkte es nicht, als würde sie gleichzeitig alle Last dieser Welt auf ihren Schultern tragen.

»Aha«, machte Niklas nur.

»Ich hab den Job? Cool!« Mit dem Tablett in der Hand, das niemals am Fenstertisch angekommen war, gesellte Jacqueline sich zu ihnen. Ohne noch weiter auf Laura zu achten, stellte sie die Gläser wieder auf dem Tresen ab und sah Niklas unter ihren halb gesenkten, dick getuschten Wimpern hervor an. Offenbar sollte dieser Blick verführerisch wirken. »Sie sind doch Niklas Ehinger, nicht wahr? Ich habe schon viel von Ihnen gehört. Sind Sie öfter hier?«

»Herr Ehinger ist nur sehr selten hier. Ihm gehört die *Alb-Rose*. Mit dem *Plaudertäschchen* hat er nicht viel zu tun«, mischte Laura sich ein.

»Allerdings bin ich ein alter Freund Ihrer neuen Chefin«, behauptete Niklas fröhlich.

»Alter Freund?« Jacqueline legte angestrengt die Stirn in Falten und grinste dann. »Dann läuft also nichts zwischen Ihnen?«

»Absolut nicht«, erklärte Laura hastig und lachte ein bisschen zu laut. Allein der Gedanke, dass Niklas und sie … das war wirklich absurd. Eher würden sie sich gegenseitig an die Kehle gehen oder sich eine erbitterte Schneeballschlacht liefern.

Auffordernd sah sie ihn an, damit auch er erklärte, dass sie kein Liebespaar waren, doch er lächelte nur und blieb stumm.

»Gut zu wissen.« Mit einer schwungvollen Bewegung warf Jacqueline die Haare nach hinten und zwinkerte Niklas zu.

So genau Laura auch hinsah, sie bemerkte keinerlei Reaktion bei ihm. Dabei kannte sie den Klatsch über ihn nur zu genau und hatte ihn während früherer Besuche auch schon oft genug im Städtchen mit immer anderen Frauen gesehen. Er packte normalerweise jede Gelegenheit beim Schopf, die sich ihm bot. Aber vielleicht gehörte es zu seiner Taktik, das willige Opfer erst ein bisschen zappeln zu lassen.

»Dann sehen wir uns morgen um fünfzehn Uhr«, wandte Laura sich an Jacqueline. »Ich denke, etwas bequemere Schuhe wären nicht schlecht. Die Haare bitte im Nacken zusammenbinden.«

»Das steht mir nicht besonders«, wandte Jacqueline ein.

»Und die Gäste mögen es nicht besonders, wenn Haare in ihrem Glühwein schwimmen«, stellte Laura streng fest.

Prompt warf ihre neue Kellnerin Niklas einen hilfesuchenden Blick zu.

»Ich bin sicher, Sie sehen auch mit zurückgebundenen Haaren gut aus«, behauptete er daraufhin in gleichgültigem Ton.

»Na gut. Dann bis morgen.« Auf dem Weg zur Tür machte Jacqueline eine große Kaugummiblase und ließ sie platzen.

»Das wirst du ihr auch noch abgewöhnen müssen.« Niklas konnte sich das Grinsen nicht verkneifen. »Eine interessante Wahl hast du da getroffen.«

»Das *Plaudertäschchen* hat eine Menge männliche Gäste.« Laura verschränkte die Arme vor der Brust. »Gib zu, dass du sie attraktiv findest! Außerdem bin ich sicher, dass sie Potential hat. In ein paar Tagen beherrscht sie das Servieren perfekt!«

»Kann schon sein. Freundlich ist sie jedenfalls«, stellte Niklas gelassen fest.

»Genau. – Warum hast du dich nicht gemeldet?«, wechselte sie das Thema. »Ich dachte, es gibt noch so viel wegen des Leseclubs zu besprechen.«

»Tut mir leid. Im Hotel sind auch ein paar Leute wegen Grippe ausgefallen. Ich musste eine Menge organisieren.«

»Wann kommt die Gruppe denn nun an?«, erkundigte Laura sich ungeduldig.

»Morgen.«

»Aha.« Sie ließ sich ihren Schreck nicht anmerken. »Die Leute kommen dann also jeden Nachmittag zu Glühwein und Lebkuchen und lesen sich hier gegenseitig Gedichte vor, oder wie habe ich mir das vorzustellen?«

Niklas nickte. »Kriegst du das mit deiner neuen Serviererin neben dem Tagesgeschäft hin?« Er wirkte nicht sonderlich überzeugt.

»Sicher.« Sie sah ihm ohne zu blinzeln in die Augen.

»Die Gruppe kommt zum ersten Mal morgen gegen sechzehn Uhr ins *Plaudertäschchen*. Es sind zwölf Leute. Marianne hat ihnen immer die drei Fenstertische reserviert. Sie mögen es, wenn im Hintergrund Weihnachtslieder laufen.«

»Okay.« Es gelang ihr nicht ganz, einen Seufzer zu unterdrücken.

»Wenn du Hilfe brauchst, ruf mich an.«

»Danke, aber das wird nicht nötig sein.« Schließlich hatte sie auch ihren Stolz. »Gibt es sonst noch was zu besprechen?«

»Wenn du keine Fragen mehr hast, ist das alles.« Er wartete kurz, und als sie schwieg, weckte er mit einem leisen Pfiff den Hund, der neben seinen Füßen schlief. Sofort hob Bingo den Kopf und sah seinen Herrn erwartungsvoll an.

»Bis bald.« Niklas lächelte ihr zum Abschied zu und verließ das Café. Bingo lief mit fröhlich wackelnder Rute neben ihm her.

»Absolut keine Fragen mehr«, murmelte sie vor sich hin.

6. Kapitel

Kati vergewisserte sich, dass der Gürtel ihres dunkelblauen Bademantels ordentlich geknotet war, strich sich über das Haar und ging langsam zur Tür. Mit fast neununddreißig Grad Fieber bewegte sie sich viel langsamer als sonst. Sie hatte das Gefühl, durch tiefes Wasser zu waten.

Als sie öffnete, stand Bernhard zwei Meter von ihrer Haustür entfernt im Schnee und sah sie mit ernster Miene an. »Da bin ich«, erklärte er überflüssigerweise und machte keine Anstalten, näher zu treten.

»Komm rein«, befahl Kati, während sie in der Bademanteltasche nach einem Taschentuch suchte und gleichzeitig von jenem bellenden Husten durchgeschüttelt wurde, der sie fast die ganze Nacht wach gehalten hatte.

Bernhard zögerte immer noch.

»Hast du Angst, dich anzustecken? Ich verspreche, dir nicht um den Hals zu fallen. Und küssen werde ich dich schon gar nicht.« Sie lächelte nicht, denn das hier war eine ernste Angelegenheit.

Endlich trat Bernhard in den engen Flur ihres kleinen Hauses.

Wortlos ging Kati ihm ins Wohnzimmer voraus, wo sie auf dem Sofa ihr Krankenlager aufgeschlagen hatte. Der niedrige Couchtisch war bedeckt mit Medikamentenschachteln und Zeitschriften, neben denen die Teekanne und ihre Tasse standen.

»Pfefferminztee?« Sie ließ sich auf die Couch sinken und deutete auf den Sessel an der gegenüberliegenden Wand.

»Mag ich nicht«, erklärte Bernhard und setzte sich.

»Auch gut.« Kati putzte sich zunächst gründlich die Nase. »Eigentlich halte ich nicht viel von Alkohol, aber in deinem Fall muss ich sagen, dass du wesentlich umgänglicher bist, wenn du was intus hast. Könntest du nicht einfach so tun, als hättest du zwei, drei Gläser Glühwein getrunken?«

»Ich kann's versuchen.« In seinen Augen blitzte etwas wie Humor auf.

»Danke. Na gut, kommen wir zum Thema.«

Sie wartete, aber allein die Vorstellung von Glühwein machte Bernhard offensichtlich doch nicht gesprächiger.

»Du warst also gestern Nachmittag im Café?«, begann sie seufzend die Unterhaltung und nippte an ihrem Tee.

»Ja.«

Kati rollte mit den Augen und bereute, dass sie keinen Rotwein im Haus hatte. »Und?«

»Es war voll. Und es hat ziemlich lange gedauert, bis ich endlich meinen Glühwein bekam.«

Das waren immerhin zwei ganze Sätze gewesen. Bevor sie eine weitere aufmunternde Bemerkung machen konnte, ereilte Kati ein erneuter Hustenanfall. Bernhard sprang auf, hastete zur Couch und klopfte ihr hilflos auf dem Rücken herum.

»Ist schon gut«, keuchte sie. »Ich habe mich nicht verschluckt. Außerdem sollst du Abstand halten. Wegen der Ansteckung und so.«

Gehorsam kehrte Bernhard zu seinem Sessel zurück. »Nimmst du deine Medikamente regelmäßig?« Er deutete auf das Sammelsurium von Fläschchen und Päckchen auf ihrem Tisch.

»Natürlich!«, empörte sich Kati, die sich wieder halbwegs von dem Anfall erholt hatte. »Und wer hat dir im Café nach der langen Wartezeit deinen Glühwein gebracht?«

Nachdenklich wiegte Bernhard den Kopf. »Eine junge Frau, die ich nicht kannte. Sie heißt Jacqueline und hat auf einer Seite blaue Haare.«

»Blaue Haare?«, wiederholte Kati entsetzt.

»Und blond. Blau und blond.«

»Der Himmel sei uns gnädig!« Kati rang die Hände. »Wen hat Laura denn da bloß eingestellt! Und war die Lesegruppe da?«

Bernhard nickte bedächtig. »Drei Tische voll. Sie haben den ganzen Abend Gedichte und Geschichten vorgelesen. Und zwischendurch nach Glühwein und Lebkuchen gerufen.«

»Oje!« Kati musste sich erst mal mit einem großen Schluck Tee stärken. »Und Laura? War sie nervös?«

»Weiß nicht so recht.« Bernhard zuckte mit den Schultern. »Sie ist in der Gegend herumgelaufen und hat getan, was sie konnte, damit am Ende jeder was zu trinken bekam, den die Frau mit den blauen Haaren übersehen hatte.«

»Es herrschte also ein Riesendurcheinander«, stellte Kati zusammenfassend fest und nieste drei Mal kräftig.

»Kann schon sein.«

»Kann nicht nur sein, war leider so«, berichtigte Kati ihn streng. »Du wirst heute wieder hingehen und mir morgen Bericht erstatten.«

Bernhard nickte. »Vielleicht nehme ich doch eine Tasse Pfefferminztee«, überlegte er laut.

»Dann musst du frischen kochen. Der hier ist inzwischen kalt.« Kati legte sich auf die Couch und zog sich die Decke bis zum Hals. Seltsamerweise machte es ihr gar nichts aus, Bernhard durch die offen stehenden Türen in ihrer Küche rumhantieren zu hören, in der sonst niemand außer ihr werkeln durfte.

Mit einem Lächeln auf den Lippen schlief sie ein.

*

»Acht Glühwein, drei Bier, fünf Cappuccino … nein, vier Cappuccino und ein Espresso. Außerdem ein Apfelsaft, zwei Orangensaft und vier Mineralwasser.« Jacqueline lehnte lässig am Tresen, während sie von ihrem Block die Bestellungen ablas, die sie bei ihrer Runde durchs Café aufgenommen hatte. Dabei zwirbelte sie mit dem Zeigefinger der linken Hand die grüne Strähne, mit der sie heute zur Arbeit erschienen war. Offenbar liebte sie es nicht nur bunt, sondern auch abwechslungsreich.

»Wissen Sie noch, wer welches Getränk bekommt?«, erkundigte Laura sich misstrauisch.

»Das findet sich.« Jacqueline blieb ganz entspannt, was zweifellos eine Eigenschaft war, die sich in diesem Job eher positiv als negativ auswirkte. Laura kämpfte immer noch in manchen Momenten um Gelassenheit, ging aber inzwischen aus diesem Kampf meistens als Siegerin hervor.

Als ihr Blick zufällig auf die Tür fiel, erstarrte sie. Niklas stand im Eingangsbereich des Cafés und sah sie quer durch den Raum an. In seinen dunklen Haaren funkelten Schneeflocken, ebenso auf seiner blauen Jacke.

Für einen Moment blieb ihr die Luft weg. Dann straffte sie die Schultern, atmete tief durch und lächelte Niklas so harmlos wie möglich an.

Er schlenderte mit jenem lässigen Gang zum Tresen, der sie angesichts ihrer eigenen Anspannung immer ein wenig ärgerte.

»Hallo Niklas«, begrüßte sie ihn und wedelte betont

zwanglos mit dem Geschirrhandtuch. Prompt fegte sie das Glas vom Tresen, das sie gerade hatte polieren wollen. Mit einem lautem Klirren zersprang es direkt vor ihren Füßen. Sie tat, als sei nichts geschehen und schob die Scherben unauffällig mit der Schuhspitze zur Seite. Da sie sonst kaum noch Gläser und Geschirr hinunterwarf, war es umso ärgerlicher, dass es ihr ausgerechnet jetzt vor Niklas' Augen passierte.

»Wie läuft's denn so?«, erkundigte sich Niklas und stützte sich mit dem Ellenbogen auf den Tresen.

»Bestens.«

»Jetzt warte ich schon seit mindestens einer halben Stunde auf meinen Glühwein«, schimpfte ein bärtiger Mann aus der Herrenrunde, die sich unweit des Tresens niedergelassen hatte. »Kann ich heute noch damit rechnen?«

»Natürlich.« Laura sah sich suchend um. »Jacqueline …«

»Ich kümmere mich darum.«

Bevor sie protestieren konnte, war Niklas in der Küche verschwunden. Es ärgerte sie, dass er sich so selbstverständlich im *Plaudertäschchen* bewegte und sich mit allem besser auszukennen schien als sie. Und woher wusste er immer, wann sie Hilfe brauchte? Ob Kati …? Aber die lag zu Hause im Bett und konnte nicht wissen, dass hier zeitweise, wenn auch immer seltener, das Chaos ausbrach.

Als draußen eine Sirene losschrillte, wandten sämtliche Gäste die Köpfe in Richtung Fenster. Nur der nicht unattraktive Glatzkopf vom Leseclub, der gerade mit donnernder Stimme eine Geschichte mit dem Titel »Glocken schallen durch die Welt« vortrug, ließ sich nicht beeindrucken und brüllte einfach noch ein wenig lauter.

Niklas kam im Laufschritt aus der Küche. In der rechten Hand hielt er ein Glas mit Glühwein, während er sich mit der Linken das Handy ans Ohr presste. Er stellte dem bärtigen Gast das dampfende Getränk hin und eilte weiter in Richtung Tür. Auf halbem Weg drehte er sich noch einmal um. »Tut mir leid, Laura. Feueralarm. Ich rufe Sonja an und bitte sie, vorbeizukommen und dir ein bisschen zu helfen.«

»Das ist nicht nötig.« Sie winkte so eifrig ab, dass sie beinah ein frisch gezapftes Bier auf den Boden gefegt hätte.

»Zweifellos.« Damit war er verschwunden, und Laura ballte wütend eine Faust. Wieso taten alle, als wäre sie vollkommen unfähig? Schließlich war sie in ihrem Job in München ausgezeichnet. Auch wenn es sich hier um eine komplett andere Art von Arbeit handelte, fand Laura, dass sie sich gar nicht schlecht schlug.

Als sie sich nach ihrer Aushilfe umsah, entdeckte sie Jacqueline neben einem Tisch mit einigen jungen Männern. Sie stemmte sich mit beiden Händen auf die Tischplatte, sodass ihre beachtliche Oberweite aus dem Ausschnitt ihres schwarzen Shirts zu rutschen drohte. Jacqueline plapperte fröhlich vor sich hin, während den jugendlichen Gästen fast die Augen herausfielen.

Laura unterdrückte einen Seufzer, durchquerte den Raum und tippte Jacqueline von hinten auf die Schulter.

»Die Getränke sind fertig«, verkündete sie und deutete mit dem Kopf in Richtung Theke.

»Ich komme gleich.« Die Kellnerin fühlte sich eindeutig gestört.

»Ich fürchte, gleich ist nicht schnell genug.« Um gegen die laute Weihnachtsmusik und den Vortragsredner vom Leseclub anzukommen, hob Laura die Stimme.

Im selben Moment ging die elektrische Beleuchtung aus, die Musik verstummte, der Mann mit Glatze hörte auf, von Glocken, verschneiten Tannen und großen Kinderaugen zu reden, und auch alle anderen Gäste schwiegen erstaunt.

»Und der Kaugummi …«, rief Laura in die plötzlich eingetretene Stille und verstummte schlagartig, als ihr klar wurde, dass man sie bis in den letzten Winkel des Cafés hören konnte.

Jacqueline grinste sie an und schlenderte kauend zum Tresen hinüber.

»Voll die geile Schnitte«, stellte einer der Teenager am Tisch fest und kniff die Lider zusammen, während er mit begehrlichen Blicken Jacquelines Weg zwischen den Tischen verfolgte. Weil das Café nur noch vom Licht der Kerzen auf den Tischen beleuchtet wurde, war der schwingende Po in dem kurzen Rock glücklicherweise nur undeutlich zu erkennen.

Laura warf dem höchstens achtzehnjährigen Typen einen drohenden Blick zu, den er unbeeindruckt erwiderte. »Sieht aus, als wär der Strom weg«, erklärte er gelassen. »Es brennt wohl im Ort.«

»Ich sehe, dass der Strom ausgefallen ist«, fauchte Laura ihn an. »Passiert das öfter?«

Alle drei jungen Männer zuckten gleichzeitig mit den Schultern.

»Warum seid ihr nicht bei der freiwilligen Feuerwehr und helft beim Löschen?« Normalerweise bemühte sie sich, freundlich zu allen Gästen zu sein, aber die drei Jungs gingen ihr erheblich auf die Nerven.

»Ist freiwillig.« Wieder allgemeines Schulterzucken. »Finden sich genug Dumme, die das machen.«

Laura musste an Niklas denken, der wahrlich genug um die Ohren hatte und dennoch sofort zur Stelle gewesen war, als die Sirene losgeheult hatte. Wut auf die Jugendlichen, die tatenlos dasaßen und warteten, dass andere die Gefahr von ihnen und ihrer Heimatstadt abwandten, stieg in ihr auf.

»Okay.« Sie atmete tief durch. »Ihr drei könnt dann einfach mal ganz unfreiwillig mein Café verlassen, wenn ihr schon nicht freiwillig Feuer löschen wollt.«

Die verdutzten Blicke der drei ach so lässigen Typen waren ihr eine Genugtuung.

»Das find ich jetzt voll scheiße! Warum …?«, setzte einer von ihnen an, doch Laura unterbrach ihn mit einer schroffen Handbewegung.

»Weil ich nicht einsehe, dass ihr hier rumsitzt und es

euch gutgehen lasst, während andere da draußen womöglich ihr Leben aufs Spiel setzen.« Sie deutete mit ausgestrecktem Arm auf die Tür.

»Leben aufs Spiel setzen! Dass ich nicht lache!« Einer der Jungs schnaubte verächtlich durch die Nase, was Laura nur noch wütender machte. Der Gedanke, dass Niklas möglicherweise tatsächlich in Gefahr war, brachte ihren Zeigefinger, mit dem sie immer noch auf den Ausgang deutete, zum Zittern.

»Raus!« Sie schaute ihre drei unerwünschten Gäste so zornig an, dass diese tatsächlich endlich das Weite suchten. Bei ihrem eiligen Aufbruch verzichteten sie darauf, ihre Zeche zu bezahlen, was Laura in ihrer Wut jedoch zunächst nicht auffiel.

»Das Tierheim brennt!« Sonja stürmte ins Café und brachte einen Schwall eisiger Luft mit. Als sie mit beiden Händen den Schnee von ihrem Anorak wischte, segelten die Flocken im flackernden Kerzenlicht funkelnd zu Boden.

Laura lief zu ihrer Patentante und packte sie bei den Schultern. »Hast du was von Niklas gehört? Er war vorhin hier, dann bekam er einen Anruf, die Sirene ging los und …« Sie stockte, weil sie daran denken musste, wie sehr Niklas Tiere liebte. Während ihrer Schulzeit hatte sie ihn einmal einen Igel vom Straßenrand wegtragen sehen, damit das kleine Tier nicht überfahren wurde. Und auch wenn man Niklas heute mit Bingo erlebte, wusste man, dass er Tiere liebte. Würde er sich in Lebensgefahr bringen, um die Tiere aus dem brennenden Gebäude zu retten?

Beruhigend strich Sonja ihr über den Arm. »Mach dir keine Sorgen um die Hunde und Katzen. Niklas wird sich darum kümmern. Er ist bei der freiwilligen Feuerwehr, seit er fünfzehn war. Mittlerweile leitet er die Truppe. Und obwohl das zum größten Teil chaotische Amateure sind, arbeiten sie sehr erfolgreich. Das haben sie vor allem Niklas zu verdanken.«

»Aber …« Laura schluckte krampfhaft und wusste nicht, ob sie sich mehr Sorgen um die Menschen oder um die Tiere machen sollte.

»Niklas schickt mich her. Das Feuer hat aufs Umspannwerk übergegriffen. Deshalb gibt es in der ganzen Stadt keinen Strom, und die Straßenbeleuchtung funktioniert auch nicht«, erklärte Sonja. »Ich habe Taschenlampen und ein paar Windlichter mitgebracht. Niklas meint, wir können die Gäste vom Leseclub unmöglich allein im Stockdunkeln zurück zum Hotel schicken. Schließlich kennen sie sich hier nicht aus.«

»Erst mal bekommen sie noch eine Runde Glühwein und Gebäck«, entschied Laura.

»Packen wir es an!« Sonja schlüpfte aus ihrem Anorak, warf ihn über einen Stuhl und schob die Ärmel ihres Pullovers hoch.

Während Laura zusammen mit Sonja durch das dämmerige Café in Richtung Küche eilte, begann eine Frau aus der Reisegruppe ein Weihnachtsgedicht aufzusagen. Gegen ihren Willen musste Laura lächeln. Dies war ihre Heimatstadt. Sie würde sich hier notfalls auch im Dunkeln zurechtfinden. Und wenn sie mit einem Problem nicht klarkam, war sie nicht allein mit ihren Sorgen. Plötzlich wusste sie, dass sie mit allen Schwierigkeiten fertigwerden konnte. Allein oder mithilfe der Menschen, die sie liebten. Wärme stieg in ihr auf – fast so etwas wie ein weihnachtliches Gefühl.

7. Kapitel

Laura hob das kleine Windlicht ein wenig höher und bewunderte den Kreis aus warmem gelbem Licht, den es vor ihren Füßen in den frisch gefallenen Schnee warf. Gemeinsam mit Sonja führte sie die Gruppe an, die, ebenfalls mit Windlichtern und Taschenlampen ausgerüstet, durch eine schmale Seitenstraße in Richtung Fußgängerzone ging.

Erstaunlicherweise schwiegen die sonst so gesprächigen Mitglieder des Leseclubs. Niemand sagte ein Gedicht auf oder stimmte gar ein Weihnachtslied an. Obwohl sich mehr als ein Dutzend Menschen durch die nächtliche Stadt bewegten, war es so leise, dass Laura den Schnee unter ihren Sohlen knirschen hörte.

Trillingen wirkte an diesem Abend festlicher denn je, auch ohne die beeindruckende Weihnachtsbeleuchtung. Um die kleinen Lichtpunkte in den Händen der schweigenden Menschen tanzten einzelne Schneeflocken, die sachte wie Federn zu Boden taumelten. Außer der kleinen Gruppe war niemand mehr in der Stadt unterwegs. Hinter vielen Fenstern flackerte warmes Kerzenlicht.

Als sie sich dem Hoteleingang näherten, schimmerte ihnen durch die Glastür ebenfalls der Schein zahlreicher Kerzen entgegen. Die Notstromversorgung lieferte nur kleine Lichtinseln und Orientierungspunkte, aber Niklas hatte dafür gesorgt, dass sein Hotel trotz des Stromausfalls ausreichend beleuchtet war.

Nachdem sie gemeinsam mit Sonja die Reisegruppe verabschiedet und abgewartet hatte, bis alle Gäste in der Halle verschwunden waren, überzeugte Laura ihre Patin mühsam davon, dass sie allein nach Hause zurückkehren konnte. Sonja wohnte nur wenige Querstraßen von der *Alb-Rose* entfernt.

»Wenn du mich begleitest, musst du den ganzen Weg allein zurückgehen. Das ist Blödsinn«, erklärte Laura energisch. »Was soll mir außerdem in diesem friedlichen Städtchen passieren?«

»Aber die Straßenbeleuchtung ist ausgefallen!«, protestierte Sonja.

»Ich bin hier geboren und kenne mich aus. Außerdem sind wir den Weg doch eben erst gelaufen. Und in München komme ich auch ohne Geleitschutz klar – sogar wenn es dunkel ist. Mach dir also keine Sorgen«, beendete Laura entschieden die Diskussion. Sie hauchte Sonja einen Kuss auf die Wange und beeilte sich, den Heimweg anzutreten, bevor ihre Patentante sie aufhalten konnte.

Es war noch schöner als in der Gruppe, ganz allein mit dem flackernden Windlicht durch die stillen Straßen zu gehen. Laura atmete tief durch und lächelte vor sich hin. Von einem entgegenkommenden Fußgänger hatten sie auf dem Weg zum Hotel gehört, dass der Brand im Tierheim gelöscht war. Sämtliche Tiere konnten gerettet werden. Nun arbeiteten die Leute vom Elektrizitätswerk mit Hochdruck daran, die Stadt wieder mit Strom zu versorgen. Wenn es nach Laura ging, konnten sie sich damit ruhig Zeit lassen. Obwohl – wenn sie an die ganzen elektrischen Geräte im *Plaudertäschchen* dachte, wäre es wohl doch besser, der Strom würde schnellstmöglich wieder da sein. Notfalls würde sie versuchen müssen, einen Lieferanten für Trockeneis zu finden, um die verderblichen Speisen zu kühlen.

Als sie hinter sich leise Stimmen hörte, drehte sie neugierig den Kopf in deren Richtung. Vor dem Hintergrund des hell schimmernden Schnees erkannte sie in etwa zwanzig Metern Entfernung drei schlaksige Gestalten. Sofort fiel ihr die Szene im *Plaudertäschchen* ein, nach der sie drei junge Männer aus dem Café geworfen hatte.

Sie machte ein paar schnelle Schritte vorwärts und konnte doch nicht anders, als die dunklen Silhouetten erneut zu mustern. Es schien ihr, als seien sie schon ein bisschen näher gekommen. Wollten die Jungs sich auf irgendeine Art an ihr rächen, ihr Angst machen oder Schlimmeres?

Obwohl es ihr schwerfiel, ging sie ruhig weiter. Wenn sie anfing zu rennen, würden die jungen Männer sie innerhalb kürzester Zeit einholen. Ließ sie sich aber nichts anmerken, gewann sie zumindest Zeit. Sie tastete in ihrer Manteltasche nach dem Smartphone, griff jedoch ins Leere. Sie musste es in dem ganzen Trouble im *Plaudertäschchen* vergessen haben. Aber wen sollte sie auch anrufen? Sonja? Die Polizei? Bis jetzt war nichts geschehen. Drei Jungs gingen hinter ihr die Straße entlang. Kein Grund, das Überfallkommando zu rufen. Wahrscheinlich litt sie unter Verfolgungswahn.

Eilig bog sie um die Straßenecke am Ende der Fußgängerzone. Bis zum *Plaudertäschchen* waren es noch gut zehn Minuten Fußweg.

»Hallo?«, rief einer der Teenager. »Warten Sie doch mal!«

Ihr Herz schlug bis zum Hals. Ohne sich noch einmal umzudrehen, beschleunigte sie ihre Schritte. Das Windlicht in ihrer Hand erlosch. Dennoch umklammerte sie es krampfhaft. Es taugte immerhin noch als Wurfgeschoss.

Ohne nachzudenken, begann sie zu laufen.

»Nich so eilig! Wir sind nich so schnell.« Es folgte lautes Gelächter aus rauen Kehlen.

Keuchend rannte Laura weiter. Das dumpfe Dröhnen ihres Herzens übertönte das Lachen hinter ihr.

Als sie mit Schwung gegen einen großen Körper stieß und kräftige Arme sie fest umschlangen, löste sich ein Schrei aus ihrer Kehle. Sie wandte sich und versuchte so, sich von ihrem potentiellen Angreifer zu befreien. Dieser hielt sie jedoch kraftvoll fest und langsam, aber sicher spürte sie aufsteigende Panik, die ihr die Luft abschnürte.

»Beruhige dich, Laura. Alles ist gut.«

Es dauerte ein oder zwei Sekunden, bis der Klang seiner Stimme in ihrem Kopf ankam. Dann entspannte sie sich schlagartig. Nur ihr Atem ging immer noch viel zu schnell.

»Ruhig atmen!«, befahl Niklas und lockerte langsam seinen Griff.

»Du riechst ganz schrecklich nach Rauch«, stellte sie fest, während sie die Luft aus ihren Lungen strömen ließ.

»Kein Wunder. Ich habe die letzten drei Stunden im Qualm verbracht. Aber jetzt ist alles in Ordnung. Das Feuer im Tierheim ist gelöscht, alle Tiere sind in Sicherheit.«

»Und wo kommst du so plötzlich her?« Weil sie immer wieder nach hinten gesehen hatte, kam es ihr vor, als wäre er aus dem Nichts aufgetaucht.

»Ich habe bei dir geklingelt, weil ich was mit dir zu besprechen habe. Als ich gerade wieder wegfahren wollte, sah ich dich die Straße entlangrennen. Ich dachte, du brauchst vielleicht Hilfe.«

Laura drehte sich um und sah wenige Schritte entfernt die drei Jungs stehen, die ihr nun, mit Niklas an ihrer Seite, vollkommen harmlos erschienen.

»Die Typen da haben mich verfolgt«, flüsterte sie heiser und bückte sich, um das erloschene Windlicht aufzuheben, das ihr aus der Hand gefallen war.

Als sie sich wieder aufrichtete, ging Niklas bereits auf die Jungs zu, die keine Anstalten machten, das Weite zu suchen. Ob sie Niklas angreifen würden? Laura umklammerte mit beiden Händen den bunten Glasbecher und heftete ihren Blick auf Niklas' breiten Rücken.

Inzwischen war er bei den drei Typen angekommen und redete mit ihnen. Sosehr sie sich auch anstrengte, sie konnte das Gemurmel nicht verstehen.

Als einer von ihnen ein raues Lachen ausstieß und ein anderer mit einer ruckartigen Armbewegung etwas aus dem Plastikbeutel zog, den er bei sich hatte, hielt sie den Atem an. Ob sie wenigstens einen von ihnen erledigen konnte, indem sie ihm das Windlicht an den Kopf warf? Sie machte ein paar Schritte auf die Gruppe zu und hob den Arm, blieb aber stehen, als Niklas den jungen Männern einen fröhlichen Abschiedsgruß zurief, sich umdrehte und zu ihr zurückkam.

»Hier. Das hast du verloren. Sie wollten es dir zurückgeben, aber du warst offenbar zu schnell.« Er hielt ihr ihren bunten Wollschal hin.

Hastig riss sie ihm den Schal aus der Hand. »Ich habe die Typen aus dem Café geworfen. Die haben mir absichtlich Angst gemacht.«

»Kann sein.« Niklas klang nicht sonderlich überzeugt. »Weshalb hast du sie denn rausgeworfen?«

»Deinetwegen«, rutschte es ihr heraus.

In diesem Moment flammten die Laternen auf, und da der Schnee das Licht reflektierte, war die Straße plötzlich fast taghell erleuchtet. Laura kniff geblendet die Augen zusammen, während sie hinüber zu den Teenies sah, die sich bereits ein gutes Stück entfernt hatten. Sie war sich nicht einmal sicher, ob es die drei aus dem Café waren.

Niklas schien sich mehr für ihre Bemerkung als für die wieder funktionierende Elektrizität zu interessieren. »Was habe ich denn damit zu tun?«

»Nicht so wichtig. Ich muss weiter. Danke für den Schal.« Sie setzte sich eilig in Richtung *Plaudertäschchen* in Bewegung. Plötzlich wollte sie nur noch in die Sicherheit des Hauses, denn jedes Mal wenn sie Niklas begegnete, schien alles schrecklich kompliziert. Und jetzt war sie einfach nur noch müde und wollte schlafen.

»Warte, Laura.«

»Morgen«, rief sie ihm zu. »Ruf mich morgen an.« Während sie die Haustür aufschloss, sah sie aus dem Augenwinkel, wie Niklas hinter ihr erstaunt stehen blieb.

Sie trat über die Schwelle und wollte die Tür hinter sich ins Schloss werfen.

»Nein! Tut mir leid.« Ohne jede Anstrengung hielt Niklas die Tür fest, an der sie zerrte. »Ich würde dich nicht mit der Sache belästigen, wenn ich eine andere Lösung wüsste.«

»Aha«, machte sie und ließ dann doch die Klinke los.

»Das Feuer hat im Tierheim ziemlichen Schaden angerichtet. Das Katzenhaus und die Hundezwinger müssen komplett renoviert werden. Das kostet Zeit und eine Menge Geld.«

»Soll ich im Café eine Spendenbüchse aufstellen?«, bot Laura eilig an.

»Das ist eine gute Idee, aber ich brauche noch heute Nacht Hilfe. Die Tiere sind momentan heimatlos.«

»Wo sind sie denn jetzt?«, erkundigte sie sich erschrocken. »Bei dieser Kälte doch nicht etwa draußen?«

Niklas schüttelte den Kopf. »Es waren nicht viele, und sie konnten fast alle vorübergehend bei Tierfreunden im Ort untergebracht werden. Jetzt geht es nur noch um Floyd. Er braucht dringend Hilfe.«

»Floyd?«

»Ein Terriermischling, der seit über einem halben Jahr im Tierheim lebt. Zwei Mal wurde er von einer Familie aufgenommen und nach kurzer Zeit wieder zurückgebracht.«

»Was ist das Problem mit ihm?« Sofort tat die heimatlose Kreatur, die keiner wollte, ihr leid.

»Er ist ein schwieriger Fall. Die Leiterin des Tierheims hat mir vorhin alles über ihn erzählt. Wenn man den Leuten die Wahrheit über ihn sagt, wollen sie ihn nicht. Auch nicht für ein paar Tage. Deshalb habe ich ihr versprochen, mich um ihn zu kümmern.«

Sie atmete innerlich auf. »Das ist wirklich nett von dir. Du hast ja auch Erfahrung mit Hunden. Und was habe ich damit zu tun?«

»Ich wollte ihn zu mir nehmen, aber es geht nicht. Floyd und Bingo vertragen sich nicht. Im Grunde sind sie beide kleine Feiglinge und haben Angst voreinander. Da Floyd aber ein Angstbeißer ist, könnte Bingo etwas passieren.«

»Angstbeißer?« Laura ahnte, was Niklas von ihr wollte – und sie wusste nicht, ob dieser Gedanke ihr gefiel.

»Der arme Kerl muss eine Menge durchgemacht haben. Die Polizei hat ihn abgemagert und zerzaust am Stadtrand gefunden. Nun verteidigt er sich mit Zähnen und Klauen, sobald er Angst bekommt.« Niklas machte eine kurze Pause und fuhr dann fort: »Er hat ziemlich oft Angst.«

»Warum sperrst du ihn dann nicht getrennt von deinem Hund ein?«

»Es ist nicht gut für so ein traumatisiertes Tier, in einer fremden Umgebung allein gelassen zu werden. Danach ginge es ihm wahrscheinlich noch schlechter. Floyd braucht jemanden, der sich zuverlässig um ihn kümmert, der für ihn da ist …«

»Ich kann mit so einem bissigen Hund nicht umgehen«, unterbrach Laura ihn. »Er tut mir wirklich leid, aber ich verstehe nichts von Hunden. Und ehrlich gesagt, finde ich den Gedanken nicht so toll, dass dieser Floyd über mich herfällt, weil er gerade Angst bekommen hat.«

»Floyd ist nicht sehr groß. Er reicht dir höchstens bis zu den Knien«, beteuert Niklas. »Außerdem traue ich dir ohne weiteres zu, ihm die Sicherheit zu geben, die er braucht, um ruhig zu bleiben.«

»Wie willst du das wissen?« Nervös fummelte Laura an ihrem Schal herum und fixierte einen Punkt in der Dunkelheit.

»Weil ich dich schon ziemlich lange kenne.« Er zögerte und fuhr dann entschlossen fort: »Du bist energisch, konsequent und liebevoll. Genau das, was ein Hund wie Floyd braucht.«

»Liebevoll?« Laura war verblüfft.

»Du wirst dich um ihn kümmern, ohne ihn mit sentimentaler Zuneigung zu nerven«, erklärte Niklas in selbstverständlichem Ton. »Er braucht jemanden, der ihm seine Grenzen aufzeigt. Und er braucht Liebe.«

»Wieso ausgerechnet ich?«, protestierte sie, obwohl sie wusste, dass sie längst verloren hatte.

»Alle Leute, die infrage kämen, haben entweder selbst Hunde oder ich traue ihnen einfach nicht zu, richtig mit ihm umzugehen. Außerdem …« Er zögerte einen Moment und fuhr dann entschlossen fort: »Außerdem glaube ich, dass es dir guttun wird, dich um ihn zu kümmern.«

Sie umklammerte mit einer Hand die Haustürklinke und bemühte sich, ganz ruhig zu bleiben. »Eigentlich vollbringst du also zwei gute Taten, wenn du mir den Hund aufs Auge drückst?«, stellte sie in spöttischem Ton fest.

Niklas lachte leise und sah ihr fest in die Augen. »Ich denke nur einfach, dass es für euch beide gut wäre. Eine Win-win-Situation sozusagen.«

»Ich glaube, das lasse ich mir lieber nicht näher von dir erklären.« Sie unterdrückte einen Seufzer und versuchte es mit einem neuen Argument: »Ich habe keine

Zeit. Schließlich muss ich meine Mutter im *Plaudertäschchen* vertreten.«

»Wenn es Probleme gibt, kannst du dich jederzeit bei mir melden. Wenn du Hilfe im Café brauchst auch.« Er lehnte im Türrahmen, als hätte er alle Zeit der Welt, und sah sie abwartend an.

»Ich könnte mir den Hund ja mal ansehen«, sagte sie zögernd. »Wo ist er denn jetzt?«

»Im Auto. Ich hole ihn eben.« Niklas deutete auf seinen Kombi am Straßenrand. Als hätte er nur darauf gewartet, fing in diesem Moment der schwarz-weiße Hund, den Laura vage auf der Ladefläche erkannte, an, laut zu bellen.

8. Kapitel

Die Türklingel ließ Laura zusammenzucken und die Augen aufschlagen. Als eine Sekunde später direkt neben ihrem Kopfkissen ohrenbetäubendes Gebell ertönte, fuhr sie hoch und saß aufrecht im Bett. Der Hund, dem sie großzügig Asyl gewährt hatte, sprang wie ein Derwisch zwischen ihrem Bett und der Tür zum Flur hin und her. Dabei flogen seine langen Haare wild durch die Luft, sodass der Terriermischling wie ein wild gewordener schwarz-weißer Mopp aussah.

»Ruhe!«, brüllte Laura. Zu ihrem eigenen Erstaunen gelang es ihr tatsächlich, das Gebell zu übertönen. Was auch Floyd so überraschte, dass er den Lärm einstellte. Allerdings nur bis zum nächsten Klingeln.

Verärgert vor sich hin murmelnd, schlug Laura die Bettdecke zurück und wollte in den Flur eilen. Wer auch immer da draußen stand, war offenbar nicht gewillt, unverrichteter Dinge wieder zu gehen.

Floyd schien allerdings etwas dagegen zu haben, dass sie irgendeinem wildfremden Eindringling die Tür aufmachte. Immer noch wild bellend, schnappte er nach dem Saum von Lauras Baumwollnachthemd, als sie an ihm vorbeigehen wollte.

Unwillkürlich wich sie zurück, und im selben Moment erinnerte sie sich an Niklas' Worte. Sie musste diesem Hund Sicherheit geben und ihm seine Grenzen aufzeigen. Floyd fürchtete sich vor dem Unbekannten, vor allem vor fremden Menschen, die ihm womöglich Böses antun wollten, wie er es wohl schon viel zu oft erlebt hatte. Deshalb musste sie entschieden auftreten und ihm zeigen, dass sie die Situation im Griff hatte und dass er sich in ihrer Gegenwart sicher fühlen konnte.

Entschlossen wandte sie sich dem vor Aufregung zitternden Hund zu und deutete mit ausgestrecktem Arm auf die Decke, die sie für ihn in die Ecke des Schlafzimmers gelegt hatte. »Geh auf deine Decke!«, befahl sie.

Floyd stutzte kurz, bewegte sich einen Meter in Richtung Decke, drehte sich aber sofort wieder um, als sie Anstalten machte, in den Flur zu gehen. Bellend rannte er ihr erneut nach und schnappte so heftig nach ihrem Nachthemd, dass er fast ihren nackten Knöchel erwischt hätte.

Ein weiteres Schrillen der Klingel ließ das Gebell nochmals anschwellen. Laura spürte, wie Wut in ihr aufstieg. Niklas hatte sie überredet, einen Hund bei sich aufzunehmen, den niemand wollte. Offenbar aus gutem Grund. Jetzt stand sie vor der Wahl, sich bei dem Versuch, die Tür zu öffnen, beißen zu lassen oder sich dem

Willen des Hundes zu fügen. Und ihr war klar: Wenn sie nachgab, hatte sie von diesem Moment an einen Tyrannen im Haus.

Sie atmete tief durch und befahl sich selbst, ruhig zu bleiben. Dann streckte sie den Arm vor, zeigte erneut auf seine Decke und sagte mit lauter, tiefer Stimme: »Platz!!«

Wieder hielt der struppige Hund einen Moment verdutzt inne – dann trollte er sich in Richtung seiner Decke, setzte sich darauf und sah Laura an, als würde er ihren nächsten Befehl erwarten. Sie war verblüfft, dass er ihr tatsächlich gehorcht hatte.

»So ist es fein«, lobte sie ihn. Sie erinnerte sich an das Seminar über Mitarbeiterführung, an dem sie im Sommer teilgenommen hatte: Erwünschtes Verhalten sollte ausdrücklich gelobt werden. Und was bei Menschen funktionierte, konnte bei Tieren nicht vollkommen falsch sein.

Floyd schlug zwei Mal mit der Schwanzspitze auf den Boden. Dann machte er Anstalten, wieder auf sie zuzulaufen. Energisch zielte sie mit dem Zeigefinger auf ihn. »Bleib!«

Zu ihrer Verwunderung ließ er sich tatsächlich wieder auf der Decke nieder. Eilig drehte sie sich um, ging aus dem Zimmer und schloss die Tür hinter sich. Nachdem sie auf den Türöffner gedrückt hatte, lauschte sie den Schritten auf der Treppe. Wahrscheinlich war es Niklas, der sich erkundigen wollte, wie sie mit Floyd zurechtkam. Wahrscheinlich quälte ihn sein schlechtes Gewissen.

Als ihr Besucher schon fast oben angekommen war,

warf Laura sich schnell ihren Mantel über, der am Haken hinter der Wohnungstür hing. Ein kurzer Blick in den Spiegel zeigte ihr zerzaustes Haar und ihre verschlafenen Augen. Hastig benutzte sie die Finger als Kamm-Ersatz, während von außen schon kräftig an die Wohnungstür geklopft wurde.

»Floyd wollte mir eben ans Nachthemd«, rief Laura, während sie öffnete.

»Wie aufregend! Wer ist Floyd?«

Lachend trat Laura auf die Schwelle und begrüßte Sonja mit einer Umarmung. »Wo kommst du denn so früh am Morgen her?«

»Fragen beantwortet man nicht mit Gegenfragen! Hast du Herrenbesuch? Soll ich lieber später wiederkommen?« Ihre Patentante sah ihr forschend ins Gesicht.

Laura kicherte. »Nur wenn du Angst hast, gebissen zu werden.«

»Ein Vampir? Darauf stehen ja heute die jungen Frauen, obwohl ich nicht richtig verstehe, was so toll daran ist, einem Mann ständig Blut zu spenden.«

Wieder musste Laura lachen. »Nein. Ich hatte keinen One-Night-Stand mit einem Vampir. Floyd ist ein Hund. Ein Problemhund aus dem Tierheim. Niklas hat ihn mir gebracht. Eben wollte er mich nicht zur Tür lassen, aber ich habe mich durchgesetzt.«

»Wer? Niklas? Das könnte auch einen anderen Grund …«

Aus dem Schlafzimmer ertönte lautes Geheul. Die beiden Frauen erstarrten und sahen sich an. »Das ist Floyd. Niklas ist nicht da. Natürlich nicht«, stellte Laura richtig.

»Und was hat Floyd?«, flüsterte Sonja.

»Ich glaube, er fühlt sich einsam. Möchtest du ihn kennenlernen?«

Sonja zögerte. »Ja«, erwiderte sie schließlich, klang aber nicht sonderlich überzeugt.

Als Laura die Schlafzimmertür wenige Zentimeter öffnete, erschien ganz unten in dem Spalt eine glänzende schwarze Nase, die laut schnüffelte. Laura machte die Tür ganz auf, der Hund stürmte heraus, sah Sonja, stellte sich direkt vor ihr auf und bellte sie an.

»Glaubst du, er beißt mich?« Sonja klang ein wenig ängstlich.

»Nein. Er hat viel mehr Angst vor dir als du vor ihm. Niklas sagt, er ist ein Angstbeißer. Es ist gut, wenn man sich in seiner Gegenwart ruhig und gelassen verhält.«

»Aha. Ruhig.« Sonja blieb bewegungslos stehen und starrte ein Loch in die Luft. Immerhin erreichte sie mit ihrem Verhalten, dass Floyd aufhörte zu bellen und sich neben Laura auf den Boden legte, ohne den Gast aus den Augen zu lassen.

»Floyd ist ein ungewöhnlicher Name für einen Hund«, flüsterte Sonja und wagte offensichtlich kaum, die Lippen zu bewegen.

»Niklas hat mir erzählt, dass eine der ehrenamtlichen Helferinnen ihn so genannt hat. Zu der Zeit, als er von der Polizei im Tierheim abgegeben wurde, tobte gerade irgendwo auf der Welt ein Orkan namens Floyd. Sie dachte wohl, der passt ganz gut, weil er so zerzaust aussieht, als wäre er in einen Sturm geraten.«

»Wie nett«, flüsterte Sonja.

»Möchtest du einen Kaffee? Ich brauche unbedingt einen.« Laura hängte ihren Mantel zurück an den Garderobenhaken und ging im Nachthemd zur Küchentür. Erst als sie das Wasser in die Kaffeemaschine füllte, bemerkte sie, dass Sonja ihr nicht gefolgt war.

»Wo bleibst du denn?« Es war neu, dass Sonja einen Kaffee ablehnte, noch dazu am frühen Morgen.

»Ich bin hier und verhalte mich ruhig.«

Als Laura zurück in den Flur eilte, fand sie Sonja genau an dem Fleck vor, an dem sie schon vor fünf Minuten gestanden hatte – aufmerksam bewacht von Floyd.

»Ich glaube, er will nicht, dass ich weiter in die Wohnung komme«, flüsterte sie Laura zu.

»Wir dürfen uns von ihm nicht tyrannisieren lassen«, stellte Laura in normaler Lautstärke klar. »Er braucht eine feste Hand. Jemanden, auf den er sich verlassen kann.«

»Ich glaube nicht, dass ich ihm das bieten kann.« Immer noch stand Sonja stocksteif da.

»Komm, Floyd.« Mit ausgestrecktem Arm deutete Laura auf die offene Küchentür.

Sie war ein bisschen stolz, als der Hund ihr ohne zu zögern gehorchte. Sie schüttete eine Handvoll von dem Trockenfutter, das Niklas ihr zusammen mit dem Hund dagelassen hatte, in ein Schälchen und stellte frisches Wasser daneben. Sofort machte Floyd sich über die Mahlzeit her.

Zögernd streckte Sonja den Kopf in die Küche. »Ich glaube, ich mache mich dann besser mal wieder auf den Weg. Eigentlich wollte ich nur sagen, dass ich nach Ladenschluss reinschaue. Für den Fall, dass du Hilfe brauchst.«

»Danke, Sonja. Das ist lieb von dir.« Laura stand neben der blubbernden Kaffeemaschine und sah Floyd beim Fressen zu.

»Dann bis heute Abend«, verabschiedete Sonja sich und ließ dabei den Hund nicht aus den Augen. »Toll übrigens, dass du ihn aufgenommen hast. Das ist sehr mutig von dir.«

»Niklas hat gesagt, ich sei genau die Richtige, um diesem Hund ein bisschen Sicherheit zu geben.« Laura füllte einen großen Becher mit Kaffee. »Außerdem meint er, es würde mir guttun, mich um ihn zu kümmern. Keine Ahnung, wieso.«

»Er wird seine Gründe haben.« Sonja, winkte ihr mit einer ganz kleinen Handbewegung und verschwand.

»Ich glaube, sie hat Angst vor dir«, teilte Laura dem zotteligen Hund mit, der inzwischen neben dem leeren Napf saß und anscheinend auf Nachschub wartete. »Vielleicht solltest du nächstes Mal besonders freundlich zu ihr sein.«

Floyd legte den Kopf schief und klopfte genau drei Mal

mit der Schwanzspitze auf den Boden. Sie hatte keine Ahnung, ob das ja oder nein bedeutete.

*

Bernhard Riege parkte seinen alten Volvo vor Katis Haus. Er stieg aus, öffnete eine der hinteren Türen und holte vorsichtig den Korb mit dem heißen Topf darin heraus, den er sorgfältig auf dem Rücksitz festgeschnallt hatte. Seine Last vor sich herbalancierend, stieg er über einen der Schneehaufen am Rand des Bürgersteigs, ging zur Haustür und klingelte.

Während er wartete, strich er sich unruhig über die kurzgeschorenen grauen Haare. Er spürte ein seltsames Flattern im Magen, das er aber als Hunger abtat, denn er hatte seit dem Frühstück nichts mehr gegessen.

Hinter der geschlossenen Tür war lautes Husten zu hören, dann öffnete Kati mit ihrem gewohnten Schwung.

»Du kommst spät, Bernhard«, begrüßte sie ihn streng.

»Tut mir leid.« Das Flattern in seinem Bauch verwandelte sich in ein Brennen. Wenn er zu Kati kam, wusste er nie, was ihn erwartete. Mal war sie fröhlich und fast liebevoll, dann wieder ernst und gebieterisch. Und doch sah er in ihren Augen stets den Widerschein einer Herzlichkeit, die sie nicht einmal verbergen konnte, wenn sie es wollte.

»Wir hatten gesagt, zwölf Uhr, und jetzt ist es fast halb eins.« Mit einer energischen Handbewegung forderte sie ihn zum Eintreten auf.

»Ich habe dir Suppe gekocht.« Zum Beweis hob er den Korb. »Hühnersuppe – die hilft gegen Erkältung. Maria hat mir auch immer welche gemacht, wenn ich krank war.«

Kaum hatte er ihren Namen ausgesprochen, kam es ihm komisch vor, dass er seine verstorbene Frau Kati gegenüber erwähnt hatte. Es schien sie jedoch nicht zu stören, denn um ihre Mundwinkel zuckte ein winziges Lächeln.

»Du hast mir Suppe gekocht? Das kannst du?« Ihre Stimme klang noch heiserer als am Vortag.

Er nickte. »Es ist niemand mehr da, der das für mich tun kann, also habe ich es gelernt. Willst du mal probieren?« Er hob den Topfdeckel.

»Riecht gut«, stellte Kati fest. »Lass uns zusammen essen, während du mir von gestern Abend erzählst.«

Ohne seine Antwort abzuwarten, ging sie voraus i die Küche, öffnete den Schrank und begann, Gesch und Besteck zusammenzusuchen. Bernhard stand ne dem Tisch und sah zu, wie sie für eine Mahlzeit zu deckte. Außer Tellern und Löffeln für die Supp e sie Brot und Butter und eine Obstschale hin at-zierte schließlich den kleinen Blumenstra ı enssterbrett in der Mitte. Es war ein seltsam es Gefühl, nach so langer Zeit wieder eine Fra einer Küche wirtschaften zu sehen. Ein gutes Gef , gemischt mit dem leisen Anflug eines schlechten G issens Maria gegenüber. Doch seine Frau war se v n Jahren tot, und sie hätte auch nicht gewollt, dass er seine Zeit allein verbrachte.

»Setz dich«, forderte Kati ihn auf und deutete mit der Suppenkelle, die sie soeben aus der Schublade genommen hatte, auf einen der Stühle am Tisch. Genau wie Maria es immer getan hatte, übernahm sie gern das Kommando. Er mochte energische Frauen, die bei den Kleinigkeiten des Alltags klare Ansagen machten.

Schweigend saßen sie einander an dem alten Holztisch in der Küche gegenüber. Früher hatte Kati sicher mit ihrer Familie an ihm gegessen, bevor ihr Mann sie wegen einer Jüngeren verließ und ihre Tochter wenig später nach Kanada auswanderte.

Wenn man in einer kleinen Stadt wie Trillingen wohnte und sich praktisch schon sein Leben lang kannte, gab es nur wenige Geheimnisse. Kati wusste genau, wie es um ihn und sein Leben stand, und umgekehrt war es genauso.

»Köstlich!«, stellte Kati fest, nachdem sie den ersten Löffel von der Suppe probiert hatte. »Was ist da drin?« Sie beugte den Kopf vor, um genießerisch den heißen Dampf einzuatmen, der von ihrem Teller aufstieg. »Das riecht ganz würzig und frisch. Als wäre man kopfüber in ein Kräuterbeet gefallen.«

»Ich habe die Suppe genau nach dem Rezept zubereitet, das Maria in ihrem kleinen Heft notiert hat«, erklärte Bernhard stolz. »Wenn du willst, schreibe ich es ab und bringe es dir beim nächsten Mal mit.«

»Das wäre gut.« Kati runzelte die Stirn. »Obwohl ich hoffe, sehr bald wieder gesund zu sein.«

Bernhard legte ebenfalls sein Gesicht in Falten. »Gestern Abend ging es im *Plaudertäschchen* übrigens drunter und drüber«, erzählte er eilig, um die Wichtigkeit seines Besuchs deutlich zu machen.

Sofort ließ Kati den Löffel sinken und richtete sich kerzengerade auf. »Was war denn los?«

Er genoss ihre Aufmerksamkeit und bestrich in aller Ruhe ein Stück Brot mit Butter.

»Nun sag schon!« Kati zupfte ungeduldig an der Manschette seines karierten Hemds.

»Laura musste sich die ganze Zeit nebenbei um den Hund kümmern. Dabei war es im Café schrecklich voll. Und diese Jacqueline lernt zwar allmählich dazu, aber natürlich schafft sie längst nicht so viel wie du.«

Überrascht riss Kati die Augen auf. »Um welchen Hund musste sie sich kümmern?«

Er zuckte mit den Schultern. »Einen bissigen Hund aus dem Tierheim. Da konnte er nach dem Brand nicht bleiben, also hat Niklas ihn zu Laura gebracht. Der Hund war in der Nische neben dem Tresen festgebunden, wo sie ihm eine Decke hingelegt hatte. Und Laura hat Jacqueline jedes Mal gewarnt, dass sie ihn ja nicht erschrecken sollte, wenn sie in seine Nähe kam. Weil er dann eben beißt.«

»Ein bissiger Hund? Im *Plaudertäschchen?*« In Katis Augen stand das blanke Entsetzen. »Was macht das Mädchen denn nur? Wenn Marianne das wüsste!« Vor lauter Empörung musste Kati erst niesen und bekam gleich anschließend einen Hustenanfall.

»Laura hat mir erklärt, dass das arme Tier ununterbrochen bellt, wenn es irgendwo eingesperrt wird. Sie meint, der Hund muss Vertrauen zu ihr fassen, und das kann er nicht, wenn sie ihn allein lässt.«

»Du liebe Güte!«, murmelte Kati vor sich hin. »Als hätte sie mit dem Café nicht genug am Hals.« Doch Bernhard konnte an dem warmen Schimmer ihrer von der Erkältung geröteten Augen erkennen, dass sie Mitleid mit dem Tier hatte, auch wenn sie das zu verbergen suchte.

»Es spricht nur für Lauras gutes Herz, dass sie sich um einen verstörten Hund kümmert.«

»Mag ja sein«, brummte sie und beugte sich entschlossen über ihren Teller, um die Hühnersuppe auszulöffeln. »Ich muss schnellstens wieder gesund werden, damit ich im *Plaudertäschchen* nach dem Rechten sehen kann. Das geht so nicht weiter!«

»Ich erstatte dir doch jeden Tag Bericht. Und wenn du willst, koche ich dir morgen wieder Hühnersuppe. Du bist bis Anfang nächster Woche krankgeschrieben und musst dich unbedingt schonen«, ermahnte Bernhard sie. Der Gedanke, dass Kati ihn nicht mehr brauchen würde, sobald sie ihre Grippe überstanden hatte, machte ihn traurig.

9. Kapitel

Bernhard Riege bezahlte an diesem Abend als letzter Gast seine Rechnung. Neuerdings war er für seine Verhältnisse sehr gesprächig. Während er sonst oft gedankenverloren in sein Glas starrte, schien ihn plötzlich alles zu interessieren, was im *Plaudertäschchen* vor sich ging. Im Laufe des Nachmittags stellte er Laura immer wieder besorgte Fragen. Wie sie mit der Führung des Cafés zurechtkäme. Ob der Hund keine Belastung für sie sei. Ob die Aushilfskellnerin mit den bunten Haaren Kati wenigstens teilweise ersetzen könne.

Jetzt drehte er sich in der Tür noch einmal um und hob zum Abschied grüßend die Hand. »Bis morgen, Laura. Vielleicht bilde ich es mir nur ein, aber der Hund schien mir heute schon ein bisschen ruhiger zu sein als gestern.«

Floyd hatte sich vor einer halben Stunde auf der Decke in seiner Nische zusammengerollt und schlief immer noch.

»Vielleicht braucht er einfach nur jemanden, der ihn ein bisschen gernhat.« Erst als sie die Worte aussprach, wurde ihr klar, dass sie sich innerhalb der wenigen Tage, die Floyd jetzt bei ihr lebte, schon sehr an ihn gewöhnt hatte.

»Wie sagt Seneca so schön: ›Die Liebe hat selbst Götter schon besiegt.‹« Bernhard zwinkerte ihr zu und stapfte hinaus.

Verblüfft sah Laura ihm nach. Dann griff sie nach einem Tuch, um den Kaffeeautomaten zu polieren. Als sie aus dem Vorraum gedämpfte Stimmen hörte, hielt sie inne.

Floyd hob auf seiner Decke den Kopf, lauschte und bellte leise. Gleich darauf entspannte er sich überraschenderweise wieder, blieb aber aufmerksam.

Seufzend griff Laura nach dem Schlüsselbund und ging zur Tür. Da es schon fast acht Uhr abends war, würde sie die späten Gäste wegschicken und das Café schließen.

In dem Moment, in dem sie die Hand auf die Klinke legte, wurde die Tür von außen schwungvoll geöffnet.

»Hoppla. Du bist heute aber stürmisch.«

Laura wusste sofort, an wessen Brust sie gelandet war. Es war schon fast ein vertrautes Gefühl, seine Hände auf ihren Schultern zu spüren. Niklas' leises Lachen vibrierte durch seinen Körper und brachte ihr Blut zum Kribbeln.

Schnell befreite sie sich aus seinen Armen und schwenkte klirrend den Schlüsselbund durch die Luft. »Es ist bereits geschlossen.«

»Ich wollte noch etwas mit dir besprechen.« Als beim Lächeln seine Grübchen auftauchten, schlug ihr Herz höher.

»Schon wieder? Hat das nicht bis morgen Zeit?« Sie machte keine Anstalten, sich von der Stelle zu rühren. »Falls es um Floyd geht, mit dem klappt alles bestens. Er braucht wohl tatsächlich nur ein bisschen Zuwendung und Konsequenz.«

»Ich wusste, dass du mit ihm klarkommen würdest. Trotzdem habe ich vorsichtshalber Bingo zu Hause gelassen. Bis Floyd gelassen auf andere Hunde reagiert, wird es sicher noch eine Weile dauern. Wegen des Hundes bin ich allerdings nicht gekommen. Nicht direkt.« Seine Grübchen vertieften sich, und sie wandte sich rasch ab.

»Ich muss noch ein bisschen aufräumen«, murmelte sie und rettete sich hinter den Tresen.

Im diesem Augenblick tauchte Jacqueline aus der Damentoilette auf, wo sie sich umgezogen hatte. Nun trug sie einen riesigen Rollkragenpullover zu engen Jeans und hochhackigen Stiefeln. In ihren platinblonden Haaren, die wieder offen auf ihre Schultern hingen, leuchtete an diesem Abend eine pinkfarbene Strähne.

»Hallo, Herr Ehinger«, begrüßte sie Niklas strahlend.

Niklas nickte zur Begrüßung und wandte sich wieder Laura zu.

»Schneit es, Herr Ehinger?« Jacqueline war nicht der Typ, der einer anderen Frau kampflos die Aufmerksamkeit eines attraktiven Mannes überließ.

»Nur ganz wenig«, erwiderte Niklas und sah Jacqueline dabei nur kurz über die Schulter an.

»Es ist aber bestimmt glatt.« Sorgenvoll schaute die

junge Frau zum Fenster. »Sind Sie mit dem Auto da? Sie fahren doch sicher in Richtung Innenstadt?«

Laura griff nach ihrem Lappen, beobachtete aber gleichzeitig gebannt das Schauspiel, das sich ihr bot. Würde Niklas sich diese Gelegenheit tatsächlich entgehen lassen?

»Ich bleibe noch.« Er zuckte mit den Schultern und sah dabei Laura an.

»Ich könnte warten«, schlug Jacqueline vor. Offenbar war sie es nicht gewohnt, von Männern einen Korb zu bekommen.

»Was wir zu besprechen haben, dauert sicher länger. Es ist aber auch nicht sonderlich glatt draußen.« Niklas klang jetzt leicht genervt.

»Dann vielleicht ein anderes Mal.« Im Schneckentempo schlenderte Jacqueline zur Tür.

»Du gefällst ihr«, stellte Laura fest, als sie schließlich mit Niklas allein war.

»Ich stehe nicht auf Frauen, die sich mir an den Hals werfen«, brummte er vor sich hin.

»Ich weiß, ich weiß.« Laura wedelte lässig mit ihrem Putzlappen durch die Luft – so lässig, dass Niklas sich ducken musste, damit sie ihn nicht an der Wange erwischte. »Der kühne Eroberer und so. Männer sind Jäger. Sobald sie ihr Wild gestellt haben, wird es uninteressant.« Sie verdrehte die Augen und bemühte sich krampfhaft, nicht an Sven zu denken.

»Quatsch«, widersprach Niklas ihr rüde. »Ich mag

Frauen mit einer eigenen Meinung und einem eigenen Kopf. Reibung erzeugt Funken.« Er sah ihr ernst in die Augen.

»Wer braucht schon Funken?« Laura ging in die kleine Nische, bückte sich und strich Floyd über den Kopf. »Ich mache ihn los, damit er ein bisschen herumlaufen kann«, warnte sie Niklas.

Er stützte sich mit den Ellenbogen auf den Tresen. »Krass. Du hast schon jetzt dein Herz an ihn verloren.«

»Ich kümmere mich nur um ihn, solange er keine andere Unterkunft hat«, widersprach Laura halbherzig und sah zu, wie Floyd durch den Gastraum lief, den Fußboden beschnüffelte und hier und da einen Krümel aufleckte.

»Sicher.«

»Was soll ich mit einem Hund?« Sie ignorierte sein Grinsen.

»Genau! Du brauchst nichts und niemanden, keinen Hund, keinen Mann, keine Freunde.«

»Das ist Blödsinn, und das weißt du auch. Was ich brauche, ist …« Sie wusste nicht weiter, griff nervös nach ihrem Lappen und wischte den ohnehin schon blankgeputzten Tresen ein weiteres Mal ab. »Wenn du dich so gut mit der menschlichen Seele auskennst, solltest du wissen, wonach alle Menschen sich sehnen.«

»Oh ja, das weiß ich«, erwiderte er ernst. »Einen Teil davon findet man in der Weihnachtszeit. Freundschaft, Liebe, Nähe … Aber du beteuerst immer wieder, dass du das nicht willst.«

»Du kapierst nicht, was ich meine. Ist aber auch egal.« Sie wandte sich hastig ab, weil ihr plötzlich Tränen in die Augen stiegen.

»Ich verstehe viel besser, was du meinst, als du glaubst«, sagte er hinter ihrem Rücken leise. »Ich hatte so lange Angst vor echter Nähe, dass ich als Frauenheld verschrien war. Die einzige Schwäche, die ich mir erlaubt habe, war die Weihnachtszeit. Die habe ich immer geliebt, als könnte ich in der kurzen Zeit genug Nähe für den Rest des Jahres tanken. Und letztes Jahr funktionierte nicht mal mehr das. Meine Eltern waren nicht mehr da, und ich kam ins Grübeln.«

Laura ertappte sich dabei, dass sie während seiner Worte die Luft anhielt. Was tat er da? Öffnete er ihr sein Herz? Oder war das nur ein Trick, um … was auch immer zu erreichen? Auf jeden Fall machte es ihr Angst.

»Ich dachte, du hast etwas schrecklich Wichtiges mit mir zu besprechen«, wechselte sie das Thema und warf ihren Lappen ins Spülbecken.

Er runzelte die Stirn und musterte sie prüfend. War das etwa Schmerz in seinen Augen? Sie musste sich täuschen. Ein selbstbewusster Typ wie Niklas Ehinger reagierte nicht so, wenn einer seiner Tricks nicht funktionierte. Er versuchte es einfach mit einem anderen.

»Wollen wir uns setzen?« Er deutete auf einen Tisch in der Nähe des Tresens.

Na bitte!

»Möchtest du was trinken?«, bot sie ihm an, weil ihre

Mutter sie zur Höflichkeit erzogen hatte. »Der Glühwein müsste noch warm sein.«

»Gern. Wenn du auch einen nimmst. Notfalls lasse ich den Wagen stehen. Ich habe es ja nicht weit nach Hause.«

Sie ging in die Küche und füllte zwei Gläser aus dem noch heißen Kessel. Das kräftige Aroma von Nelke und Orange umwehte sie, und als sie tief einatmete, hatte sie das Gefühl, als würde ihr der starke Rotwein die Sinne umnebeln. Was auf keinen Fall passieren durfte. Solange Niklas in der Nähe war, musste sie einen kühlen Kopf bewahren.

»Hervorragend«, lobte er, nachdem er einen kräftigen Schluck genommen hatte. »Ich werde dich knebeln und fesseln und so lange gefangen halten müssen, bis du Mariannes Geheimrezept herausrückst. Du weißt ja: Ihr Lebkuchenrezept kenne ich, aber um das Glühweinrezept macht sie ein großes Geheimnis.«

»Von mir erfährst du nichts«, murmelte sie und senkte den Kopf, damit er ihre glühenden Wangen nicht sah. Oh nein, war das peinlich! Sie war fast dreißig Jahre alt und seit Ewigkeiten nicht mehr rot geworden. Wie albern, dass die Vorstellung, von ihm gefesselt zu werden, so seltsame Reaktionen bei ihr auslöste! Hoffentlich dachte er, es läge am Glühwein.

»Es geht ums Tierheim«, wechselte Niklas glücklicherweise das Thema. »Wir brauchen dringend Geld, um es wiederherzurichten. Vorerst sind die Tiere zwar untergebracht, aber nach Weihnachten wird es ganz schnell wieder heimatlose Hunde und Katzen geben. Und es wollen auch längst nicht alle Leute die Tiere behalten, die sie aufgenommen haben.« Er sah hinüber zu Floyd, der sich mit einer Papierserviette vergnügte, die auf den Boden gefallen war. Genüsslich rupfte er sie in winzige Stückchen.

»Das sollte ich ihm wahrscheinlich nicht erlauben.« Laura erhob sich halb von ihrem Stuhl, ließ sich dann aber wieder fallen. Sie war schrecklich müde.

»Lass ihm den Spaß«, sagte Niklas, als hätte er ihre Gedanken erraten. »Er sieht glücklich aus. Du hast ein kleines Wunder bei ihm vollbracht.«

»Quatsch«, wehrte Laura ab. »Eigentlich habe ich gar nichts gemacht. Du warst es doch, der mir erklärt hat, dass ich liebevoll und konsequent sein muss. Wenn ich das nicht mal bei einem kleinen Hund schaffe, sollte ich Menschen am besten vollkommen aus dem Weg gehen.«

»Du würdest dich wundern, wie viele Menschen sich von einem Hund auf der Nase herumtanzen lassen und ihn damit nur unglücklich machen, weil ihm dann jeder Halt fehlt. Hunde bringen uns indirekt eine Menge bei.«

Sie musste schmunzeln. »Ich habe ein paar Tricks aus meinem letzten Seminar für Führungskräfte an ihm ausprobiert. Und es hat geklappt. Demnächst mach ich's genauso im Job. Und bei dir!«

»Versuch's doch!« Er grinste herausfordernd, und unwillkürlich musste sie auch lachen.

Als sie ihr Glas in die Hand nahm, stellte sie erstaunt fest, dass es bereits leer war. Auch Niklas hatte ausgetrunken. »Ich hole uns noch was«, erklärte sie und stand auf.

In der Tür zur Küche drehte sie sich noch einmal um. »Was das Tierheim betrifft, kann ich dir aber jetzt schon sagen, dass ich keine reiche Frau bin. Und meine Mutter auch nicht, soviel ich weiß. Mehr als eine kleine Spende ist also nicht drin.«

Als sie mit zwei frischen Gläsern zurückkam, saß Floyd neben Niklas. Er hatte inzwischen die Serviette in millimeterkleine Schnipsel zerlegt und ließ sich jetzt mit den Leckerli füttern, die Niklas offensichtlich immer bei sich hatte.

»Lass das Bingo nicht sehen«, warnte Laura ihn, während sie sich wieder auf ihren Stuhl setzte.

»Ich bin sicher, die beiden werden schon bald beste Freunde.« Niklas warf einen Brocken von dem Trockenfutter hoch, und der Terriermischling fing ihn geschickt in der Luft auf.

Laura verschluckte die Bemerkung, dass Floyd schon bald wieder ins Tierheim musste und Bingo ihm dann kaum noch begegnen würde. Der Gedanke, den verstörten Floyd enttäuschen zu müssen, tat ihr jetzt schon weh. Sie wusste aber, dass es keine andere Lösung gab. Unmöglich konnte sie ihn mit nach München nehmen, und Marianne würde keine Zeit haben, sich um ihn zu kümmern. Schon gar nicht, wenn sie tatsächlich mit ihrem Schweizer Liebhaber zusammenblieb.

»Glaubst du ernsthaft, ich bin hier, weil ich dich um fünfzig Euro bitten will?« Vorsichtig nahm er einen Schluck von dem frischen, heißen Glühwein.

Eine Weile saßen sie beide stumm da und sahen hinaus in die Winternacht. Laura fühlte sich seltsam beschwingt, und ihre Müdigkeit war fast verschwunden. Als Niklas wenig später die beiden leeren Gläser nahm und damit in der Küche verschwand, musste sie kichern. Nach einem anstrengenden Tag, den sie zum größten Teil damit verbracht hatte, ihren Gästen Glühwein zu servieren, stand ihr doch wohl auch ein Gläschen zu – oder auch mehr.

In Rekordzeit war Niklas mit den dampfenden Gläsern zurück.

»Ich schlage vor, wir rufen gemeinsam eine Spendenaktion ins Leben und organisieren noch vor Weihnachten einen Wohltätigkeitsball«, sagte er, nachdem er den Glühwein auf den Tisch gestellt hatte.

»Wir zwei veranstalten einen Ball?«, vergewisserte sie sich verwirrt.

Er nickte. »Einen Weihnachtsball in der *Alb-Rose.* Mit einem Büfett und Glühwein und Lebkuchen. Der Saal wird weihnachtlich geschmückt, es gibt eine Band und eine Tombola mit sündhaft teuren Losen. Natürlich kosten auch die Karten für den Ball eine Menge. Die Leute werden das lieben. Sie haben viel Spaß und dazu noch das beruhigende Gefühl, etwas Gutes zu tun.«

»Klingt gut«, stellte Laura nach kurzem Überlegen

fest. Ihr Blick wanderte hinunter zu Floyd, der sich neben ihrem Stuhl zusammengerollt hatte. Schließlich musste das arme Tier eine Heimat haben, wenn sie zu Beginn des neuen Jahres nach München zurückkehrte. Plötzlich stiegen ihr Tränen in die Augen, die sie hastig mit den Fingerspitzen wegwischte. Wahrscheinlich rußte die Kerze auf dem Tisch, die Niklas überflüssigerweise angezündet hatte.

»Abgemacht.« Als Niklas ihr die Hand hinhielt, legte sie ihre Finger hinein und wunderte sich über das Kribbeln, das erst ihren Arm und dann ihren ganzen Körper durchlief. Alkohol hatte schon immer eine irritierende Wirkung auf sie gehabt.

10. Kapitel

Mit einem unwilligen Laut ließ Niklas den Hörer zurück auf den Apparat fallen und starrte finster in den Monitor auf seinem Schreibtisch. Als sich nach kurzem Anklopfen die Tür zum Empfangsbüro öffnete und der Chefkoch Till Lange den Kopf ins Zimmer streckte, zwang Niklas sich zu einem Lächeln.

»Tut mir leid, meine Eltern sind nicht zu erreichen. Mein Vater hätte sicher noch einen anderen Lieferanten für Wild gewusst. Jetzt muss ich eben recherchieren. So lange streichen wir das Hirschgulasch und den Hasen von der Karte.«

»Aber …«, setzte Lange zu einem seiner langatmigen Proteste an.

Niklas unterbrach ihn mit einer energischen Handbewegung. »Soweit ich weiß, sind für heute Mittag fast sämtliche Tische im Restaurant reserviert. Also kümmern Sie sich bitte darum, dass unsere Gäste zufrieden sind. Auch ohne Wild. Ich werde dafür sorgen, dass Sie so schnell wie möglich wieder Hirschfleisch haben, auch wenn ich wirklich genug um die Ohren habe. Das muss genügen.«

Zu Niklas' Erleichterung verzog sich der Chefkoch wortlos. Er hatte den Hinweis, dass es eigentlich zu seinen Aufgaben gehört hätte, selbst nach geeigneten Lieferanten zu suchen, sehr wohl verstanden. Da die Monatsabrechnung für November längst überfällig war, wandte Niklas sich erst einmal wieder dieser Arbeit zu. Das Lieferanten-Problem musste eben warten.

Zwei oder drei Minuten arbeitete er konzentriert, dann klopfte es schon wieder an der Tür. Gab es denn tatsächlich keine fünf Minuten, in denen niemand etwas von ihm wollte? Verbissen ignorierte er die neuerliche Unterbrechung und hackte weiter auf die Tastatur ein. Es war ohnehin schon erstaunlich, dass einer seiner Angestellten sich die Mühe machte, ein zweites Mal zu klopfen, und nicht einfach hereinkam.

»Störe ich?« Als er unvermittelt Lauras Stimme hörte, zuckte Niklas zusammen. Er hob den Kopf, sah sie in der offenen Tür stehen und sprang auf. Bingo, der unter dem Schreibtisch geschlafen hatte, lief ihr entgegen und hüpfte vor ihr auf und ab wie ein Gummiball. Was seltsam war, weil er Laura erst ein einziges Mal gesehen hatte und sich sonst nicht gerade schnell mit Fremden anfreundete. Er gab erst Ruhe, als Laura ihn zur Begrüßung ausgiebig kraulte.

»Du störst nicht. … Ich … Ich war nur gerade so konzentriert und habe dein Klopfen nicht gehört. Also – ich habe es wohl nur im Unterbewusstsein gehört …« Er sah sich im Zimmer nach einem Platz um, den er ihr anbieten konnte, aber nirgendwo war etwas frei. Selbst auf den beiden Besucherstühlen türmten sich Abrechnungsunterlagen, nicht bearbeitete Post, bezahlte Rechnungen, die noch abgeheftet werden mussten und eine Menge Kram, den er noch nicht einmal geordnet hatte.

»Hier sieht es nach Stress aus«, stellte Laura fest. »Woran sitzt du gerade? Noch an der Monatsabrechnung? Oder an der Umsatzsteuervoranmeldung?«

»An beidem. Und auch noch an einigen anderen Sachen.« Als sie langsam um den Schreibtisch herumkam und hinter ihn trat, um einen Blick auf den Monitor zu werfen, wurde er unruhig. Er wollte nicht, dass sie bemerkte, wie sehr er mit all den Aufgaben zu kämpfen hatte, die er seit der Abreise seiner Eltern ganz allein erledigen musste.

Sie beugte sich über ihn, er spürte ihren Atem an der Wange und roch den zarten Blütenduft, den sie verströmte. Plötzlich wurde er ruhiger, und es machte ihm nichts mehr aus, dass sie aus nächster Nähe die Unordnung auf seinem Schreibtisch sah. Schließlich hatte er Laura auch schon in Situationen erlebt, die sie nicht im Griff gehabt hatte.

»Es ist sicher sehr schwierig, plötzlich allein für ein ganzes Hotel verantwortlich zu sein«, stellte sie fest. »Wenn ich bedenke, was für ein Kopfzerbrechen mir manchmal schon das kleine Café meiner Mutter macht.

Neulich habe ich die Lieferantenliste nicht gefunden und war erst mal ratlos. Ganz zu schweigen von den Gläsern, die ich schon zerbrochen habe. Aber es wird langsam besser, obwohl ich jetzt auch noch nebenbei einem verstörten Hund Sicherheit geben muss.« Sie lachte und klang dabei fast fröhlich.

»Meine Eltern hatten beide gleichzeitig so eine Art Midlife-Crisis«, hörte er sich auf einmal sagen, obwohl er nicht vorgehabt hatte, mit ihr darüber zu reden. »Sie meinten plötzlich, bis jetzt nichts vom Leben gehabt zu haben, und hielten es für eine gute Idee, mich ins kalte Wasser zu werfen und auf Reisen zu gehen.«

»Ich kann mir vorstellen, wie sich das anfühlt.« Für einen Moment legte sie ihre Hand auf seine Schulter. Leicht und warm spürte er ihre Finger durch sein Hemd, während ihr Duft ihn einhüllte wie der Frühlingswind über einer blühenden Wiese. »Wir haben offenbar beide Familienmitglieder, die es aus irgendwelchen Gründen in die Ferne zieht«, fuhr sie nach einer Pause fort.

Er wusste, dass sie auch an Sven dachte, der nun im Ausland lebte – vielleicht der Karriere wegen, vielleicht aber auch, um vor der Erinnerung an das, was er Laura angetan hatte, zu fliehen. Denn wenn Niklas auch nicht genau wusste, was Weihnachten vor zwei Jahren zwischen seinem Cousin und Laura geschehen war, ließ der Tratsch in der Stadt darauf schließen, dass Sven derjenige gewesen war, der Laura wehgetan hatte. Offenbar so sehr, dass sie bis heute darunter litt.

Als Laura sich ein paar Schritte von ihm wegbewegte, um sich auf das breite Fensterbrett zu setzen, vermisste er sofort ihre Wärme. Lag das nur daran, dass sie als erster Mensch in seiner Umgebung zu ahnen schien, wie es sich für ihn anfühlte, dass seine Eltern die ganze Verantwortung für das Hotel auf seinen Schultern abgeladen hatten?

»Seltsamerweise meinen alle, es wäre ein Kinderspiel für mich, den Laden am Laufen zu halten und jeden Tag sämtliche erforderlichen Entscheidungen zu treffen.«

Vor dem Licht der Wintersonne, das hinter ihrem Rücken ins Zimmer fiel, sah er Laura nur als dunkle Silhouette. Erst als sie wieder zu ihm an den Schreibtisch kam, erkannte er ihre Gesichtszüge. Die blauen Augen, die ihn mitfühlend anschauten, die vollen Lippen, die winzige Falte über der Nasenwurzel. Ein leiser Schreck durchfuhr ihn, denn er mochte es nicht, wenn andere dachten, er hätte sein Leben nicht im Griff.

»Lass mich das machen.« Laura deutete auf den Monitor. »Die Umsatzsteuervoranmeldung gehört im Controlling zwar nicht direkt zu meinen Aufgaben, aber das kriege ich trotzdem hin. Dann kannst du dich inzwischen um den ganzen Papierkram kümmern, der hier noch so herumfliegt.«

»Du musst mir nicht helfen«, wehrte er sofort ab. »Ich schaff das schon.«

»Natürlich schaffst du das! Ich hätte die Lebkuchen auch irgendwie hinbekommen. Aber ich habe mir trotzdem von dir helfen lassen.« Ihre Augen blitzten ihn herausfordernd an.

Er zögerte immer noch, von seinem Stuhl aufzustehen und ihr den Platz hinter seinem Schreibtisch zu überlassen. Immerhin könnte er so der Papierlawine zu Leibe rücken, die sich auf fast allen Flächen im Büro ausgebreitet hatte.

»Nun mach schon! Mir ist es auch nicht leichtgefallen, Hilfe anzunehmen, und ich lebe trotzdem noch.« Laura knuffte ihn sanft in die Seite.

»Okay. Vielen Dank«, murmelte er und schob sich an ihr vorbei, um die Papierstapel von den Stühlen zu sammeln.

Während er die Briefe und Rechnungen sortierte, hörte er das leise Klappern der Tastatur, als Laura mit flinken Fingern die Zahlen eingab. Hin und wieder schaute er kurz zu ihr rüber und stellte fest, dass sie ganz leicht die Stirn runzelte, wenn sie sich konzentrierte. Es war ein gutes Gefühl, Seite an Seite mit ihr zu arbeiten. Wie vor über einer Woche in der Küche des kleinen Cafés, nur dass dieses Mal er derjenige war, der Hilfe brauchte und bekam. Was sich besser anfühlte, als er befürchtet hatte.

*

»Das reicht nun aber wirklich«, stellte Laura fest und wich im letzten Moment einer Straßenlaterne aus. Sie balancierte die Kartons auf ihren ausgestreckten Armen und konnte kaum über sie hinwegschauen. Gefüllt waren sie mit goldenen und silbernen Sternen in allen Formen und Größen, hauchzarten Glaskugeln und funkelnden Girlanden.

Niklas lachte leise in sich hinein. Er trug ebenfalls einen schwankenden Turm aus Kartons voll Weihnachtsschmuck.

»Darf ich dich daran erinnern, dass du im Dekoladen in einen wahren Kaufrausch verfallen bist?« Er drehte den Kopf vorsichtig zur Seite, stützte den obersten Karton mit der Wange ab und sah sie lächelnd an. Trotz der Kälte wirkte Laura erhitzt, und ihre Augen glänzten. Offenbar machte der Einkaufsbummel ihr einen Riesenspaß, und das, obwohl es ihn einige Mühe gekostet hatte, sie zu überreden, ihn zu begleiten.

Inzwischen standen sie neben dem Lieferwagen mit dem Hotel-Logo.

»Und nun?« Fragend schaute Laura sich um. Die Autoreifen hatten den Schnee auf dem Parkplatz in schmutzigen Matsch verwandelt. Wenn sie ihre Kartons neben dem Wagen abstellten, würden sie nicht nur das Innere des Autos beschmutzen, sondern beim Ausladen auch ihre Kleidung.

»Stell deine Kartons auf meine«, schlug er vor.

»Und dann?« Sie zögerte.

»Dann kannst du den Autoschlüssel aus meiner Tasche holen und den Wagen öffnen.«

Sie rührte sich immer noch nicht.

»Hast du einen besseren Vorschlag?«, wollte er von ihr wissen.

»Nein«, erwiderte sie nach kurzem Nachdenken, stellte sich auf die Zehenspitzen und schob vorsichtig ihre Kartons auf seine. »Wo ist der Schlüssel?«, erkundigte sie sich dann und zog ihre Fäustlinge aus.

»Meistens stecke ich ihn in die Jackentasche.«

»Rechts oder links?«

»Weiß nicht«, murmelte er und hielt aus unerfindlichen Gründen den Atem an, als sie die Augen verdrehte und anfing, in seinen Jackentaschen herumzuwühlen.

»Da sind sie nicht«, stellte sie nach einer Weile fest. Vor lauter Luftnot war ihm schon ganz schwindelig.

»Dann in den Hosentaschen«, stieß er atemlos hervor.

»Hältst du noch durch?« Sie reckte den Kopf um die Kartons herum und sah ihn prüfend an.

»Wieso nicht?« Wenn er sich ein bisschen Mühe gab, war es gar nicht so schwierig, tief und gleichmäßig zu atmen.

»Die Kartons schwanken ganz schön.«

Das hatte er gar nicht gemerkt, und er sagte lieber nichts, weil er Angst hatte, seine Stimme könnte ihn verraten.

»Dann suche ich jetzt in den Hosentaschen«, warnte sie ihn.

Er spürte, wie ihre warmen Finger in die linke Vordertasche seiner engen Jeans glitten. Ihre Fingerkuppen tasteten sich an seinem Hüftknochen entlang und schoben sich weiter nach unten.

Er zuckte zusammen, die Kartons auf seinen ausgestreckten Armen gerieten ins Rutschen. Laura zog erschrocken die Hand zurück und stützte den wackeligen Turm ab.

»Habe ich dir wehgetan?« Ihre Stimme klang erschrocken.

»Nein, nein«, beteuerte er. »Ich bin nur ein bisschen kitzelig.«

»Dann versuche ich, vorsichtiger zu sein.«

Dieses Mal fühlten sich ihre Finger durch den festen Stoff an, als würden ihn Schmetterlingsflügel streifen. Was es auch nicht unbedingt einfacher machte. Er stand stocksteif da und versuchte, an die Monatsabrechnung des Hotels zu denken, die er vor zwei Tagen zusammen mit Laura durchgegangen war. Leider konnte er sich an keine einzige Zahl erinnern. Sein Kopf war vollkommen leer. Alles Blut schien in seinem Körper abwärts zu fließen.

»Da sind sie!« Mit einem Lachen zog Laura ihre Hand aus seiner Hosentasche, und er hörte die Schlüssel leise klirren. Gleich darauf klickten die Schlösser des Wagens.

Erleichtert stellte er die Kartons auf die Ladefläche. »Ich habe Hunger«, verkündete er dann. »Was hältst du davon, wenn wir eine Kleinigkeit essen gehen, bevor wir zurückfahren? Es ist noch genug Zeit, bis du das Café öffnen musst.«

Laura wollte automatisch protestieren, doch ihr Magen nahm ihr die Antwort ab und knurrte so laut, dass es nicht zu überhören war. Niklas nahm dem Moment die Peinlichkeit, indem er laut lachte, sie unterhakte und mit sich zog.

Nicht weit vom Parkplatz entfernt fanden sie ein kleines italienisches Restaurant mit rotkarierten Tischdecken und einem üppig geschmückten Tannenbaum neben der Theke. Die Pasta war himmlisch, und Laura verschlang sie hungrig. Anschließend stürzte sie sich mit Begeisterung auf das Tiramisu, das sie zum Nachtisch bestellt hatte.

Draußen schlenderte ein glückliches junges Paar vorbei. Die beiden hatten mehrere Geschenkpäckchen bei sich und blieben vor dem Restaurantfenster stehen, um sich zärtlich zu küssen. Verlegen wandte Laura den Blick ab, griff nach ihrem Glas und nippte an ihrer Apfelschorle.

»Fehlt er dir immer noch?«, hörte sie Niklas leise fragen. »Was auch immer er dir angetan hat, Sven ist ein Idiot.«

Erstaunt legte sie den Kopf schief und musterte ihn prüfend. »Nach allem, was man so hört, servierst du die Frauen reihenweise ab, wenn du genug von ihnen hast. Und das scheint ziemlich schnell zu passieren. Sven und ich haben es immerhin fast zehn Jahre miteinander ausgehalten.« Sie wusste nicht, warum sie Sven plötzlich verteidigte. Vielleicht um klarzumachen, dass sie nicht so lange mit einem Idioten zusammen gewesen war.

»Es soll Menschen geben, die im Laufe der Jahre dazulernen. Sogar Männer.« Er klang ein bisschen beleidigt.

»Aha«, machte sie und fragte sich, ob er damit sagen

wollte, dass er nicht mehr auf unverbindliche Affären stand. Welcher Mann, der sich nicht binden wollte, gab das offen zu? Außerdem interessierte sie Niklas' Einstellung zur Liebe absolut nicht.

»Im Gegensatz zu dir war Sven immer so … bescheiden«, fuhr sie nach einer langen Pause fort. »Er hätte genauso viele Chancen bei den Mädchen gehabt wie du, aber wir waren seit der elften Klasse zusammen, und er hat nie eine andere angeguckt. Jedenfalls soweit ich weiß. Ich war seit der sechsten Klasse in ihn verliebt. Mit ihm konnte ich mir alles vorstellen: ein Haus, Kinder, vielleicht ein kleines Hotel, das wir gemeinsam geführt hätten. Es hat ewig gedauert, bis er mich endlich gefragt hat, ob ich ihn heirate. Als er es dann tat, war ich so glücklich. Fast genau eine Woche lang.« Sie musste schlucken, obwohl sie plötzlich einen ganz trockenen Mund hatte. Hastig griff sie nach ihrem Glas und trank etwas.

»Ich habe vage von der Verlobung gehört. Mehr aber nicht«, erklärte er, als sie nach einiger Zeit immer noch schwieg.

Plötzlich flossen die Worte wie ganz von selbst aus ihrem Mund. Und es fühlte sich seltsamerweise gut an, den Schmerz herauszulassen, über den sie bisher so verbissenen geschwiegen hatte. Niklas saß ganz ruhig da und sah sie einfach nur an. Mitfühlend und warm hielten seine Zartbitteraugen ihren Blick fest.

»Heute glaube ich, Sven hat mir an Weihnachten vor zwei Jahren nur einen Antrag gemacht, weil ich von seinem Geschenk so enttäuscht war. Es war ein Buch, das schon bei mir zu Hause im Regal stand. Ich hatte ihm sogar von dem Roman erzählt – dass er mir nicht besonders gefiel.«

»Aber er hat dir nicht zugehört«, stellte Niklas ruhig fest.

Sie zuckte mit den Schultern. »Jedenfalls erinnerte er sich nicht. Ich glaube, er hat mir den Antrag nur gemacht, weil ich so enttäuscht war – sozusagen als wirklich besonderes Weihnachtsgeschenk. Erst später wurde mir klar, dass das nicht geplant gewesen war. Er hatte nicht mal einen Ring besorgt. Aber ich war trotzdem schrecklich gerührt und sagte sofort Ja. Ich hatte doch so lange darauf gewartet und war nach all den Jahren immer noch so unglaublich verliebt in ihn.«

»Ihr wart in ganz Trillingen als das Traumpaar bekannt«, sagte Niklas leise. »Ein bisschen habe ich Sven immer beneidet. Ich wusste ziemlich genau, dass es mit dir nur ganz oder gar nicht gibt. Sven konnte sich darauf einlassen.«

Laura machte einen Ton, mit dem sie ihre Verachtung für das ausdrücken wollte, was Sven wahrscheinlich als eine echte Beziehung verstanden hatte. Im Nachhinein betrachtet war das alles wohl nichts als ein großer Irrtum gewesen. Aus ihrer Kehle kam aber eher so etwas wie ein Schluchzen.

Niklas sah ihr über den Tisch hinweg fragend in die Augen. Eine Weile hielt sie seinem Blick stand, dann schaute sie hinunter auf ihren leeren Dessertteller.

»Kurz nach Neujahr habe ich ihn mit Sarah im Bett erwischt.« Sie lauschte ihren Worten nach. Sie klangen fast sachlich. Selbst der bittere Geschmack in ihrem Mund fehlte, der sonst immer da gewesen war, wenn sie über Sven redete.

»Mit *der* Sarah. Deiner besten Freundin?«, vergewisserte sich Niklas.

Sie nickte und leerte ihr Glas mit zwei großen Schlucken.

»Das ist hart. Dann hast du im selben Augenblick deine Freundin und deine große Liebe verloren.« Sein Blick war voll Mitgefühl, ohne jenes oberflächliche Mitleid, das sie in Trillingen bei so vielen anderen Menschen gesehen hatte.

Sie räusperte sich und blinzelte, weil sie Angst hatte, in Tränen auszubrechen. »Wir sollten dann besser gehen.«

Niklas zahlte, und sie verließen schweigend das kleine Restaurant. In Gedanken versunken ging Laura neben ihm her in Richtung Parkplatz. Als er ohne ein Wort in einer Boutique verschwand, blieb sie überrascht stehen. Nach kurzem Zögern folgte sie ihm in den Laden. Was blieb ihr anderes übrig, wenn sie mit ihm zurück nach Trillingen fahren wollte?

Sie holte ihn erst ein, als er schon den halben Verkaufsraum durchquert hatte. Energisch packte sie ihn beim Ärmel. »Was machen wir hier?«

Mit einem harmlosen Lächeln drehte er sich zu ihr um. »Wir kaufen dir ein Kleid für den Ball.«

»Wie kommst du denn auf die Idee?« Panik stieg in ihr auf. Sie hatte keinesfalls die Absicht, unter seinen kritischen Blicken Kleider anzuprobieren!

»Du hast doch sicher nichts Passendes für eine solche Gelegenheit dabei. Schließlich konntest du beim Kofferpacken nicht ahnen, dass du einen Ball besuchen würdest.«

»Das ist nicht dein Problem!«

»Ich habe dich zu dem Ball überredet, und deshalb werde ich dafür sorgen, dass du ein schönes Kleid dafür hast.« Entschlossen wandte Niklas sich an die Verkäuferin, die herbeigeeilt war, und redete mit gesenkter Stimme auf sie ein, sodass Laura nicht verstand, was er sagte.

Die Frau hing an seinen Lippen, als würde er das letzte große Geheimnis dieser Welt für sie lüften. Schließlich nickte sie, deutete in eine Ecke des Verkaufsraums und trat beiseite. Entschlossen marschierte Niklas auf die Ständer mit den langen Kleidern in allen Farben des Regenbogens zu. Die Verkäuferin blieb zurück.

»Aber ich will das nicht«, murmelte Laura vor sich hin, setzte sich aber dennoch in Bewegung.

Als hätte er in seinem Leben nichts anderes getan, als Frauen eingekleidet, legte Niklas den Kopf schief, kniff die Lider zusammen und schob einen Bügel nach dem anderen von rechts nach links über die Stange. Ab und zu hob er ein Kleid aus der Reihe heraus, hielt es am ausgestreckten Arm in die Luft und begutachtete es aufmerksam. Laura stand mit vor der Brust verschränkten Armen daneben und hoffte, dass er seinen absurden Plan aufgab.

»Das ist es!« Als er ihr ein Kleid vor den Körper hielt, wollte sie instinktiv zurückweichen, doch er hielt sie am Arm fest. »Sieh hin!«

Er schob sie vor den großen Spiegel an der hinteren Wand der Boutique und hielt ihr das bodenlange Kleid vor den Körper. Als sie es sah, schnappte sie nach Luft.

»Es hat dasselbe Blau, nicht wahr?« Niklas' Stimme war dicht an ihrem Ohr, und sein Atem streichelte die empfindliche Haut ihres Halses.

»Ja«, hauchte sie mühsam.

»Ich werde es dir kaufen. Als Ersatz für das Kleid von damals.«

Sie schüttelte den Kopf. »Das geht nicht.«

»Natürlich geht das!«

»Ich muss es erst anprobieren.« Sie wandte den Kopf ab, weil sie plötzlich Tränen in den Augen hatte. Diese schreckliche Weihnachtszeit mit all den Kerzen, den funkelnden Sternen und den Lebkuchen machte sie eindeutig zu sentimental!

»Passt wie angegossen«, stellte Niklas fest, als sie wenige Minuten später aus der Umkleidekabine trat. Während sie sich erneut im Spiegel betrachtete, kniff sie kritisch die Lider zusammen. Das enganliegende Mieder aus meerblauem Satin schmiegte sich eng an ihren Oberkörper, während der lange Rock in weichen, schimmernden

Falten über ihre Hüften und Beine bis auf die Schuhspitzen hinabfloss.

»Es ist viel zu teuer. Und viel zu elegant«, protestierte sie.

»Für unseren Ball kann es gar nicht elegant genug sein«, widersprach Niklas grinsend. »Du musst dieses Kleid einfach haben! Es hat haargenau die Farbe deiner Augen.«

Laura brachte kein Wort mehr heraus. Wenn sie ehrlich war, wünschte sie sich sehnlichst, in genau diesem Kleid auf dem Ball zu tanzen. Obwohl sie eigentlich gar nicht tanzen konnte.

Die Verkäuferin näherte sich von hinten. »Ihre Frau sieht in diesem Kleid wunderschön aus«, sagte sie zu Niklas, als wäre Laura überhaupt nicht anwesend.

»Nicht wahr?« Er nickte, ohne den Irrtum aufzuklären. »Wir nehmen es.

11. Kapitel

Kati strich sich mit beiden Händen über ihr pechschwarzes Haar, das sie nach der langen Zeit auf dem Krankenlager zum ersten Mal wieder im Nacken zu einem ordentlichen Knoten geschlungen hatte. Sie lächelte ihrem Spiegelbild zu und sah hinten in ihrem Mund das Blitzen der goldenen Zahnkrone. Daraufhin versuchte sie es mit einem etwas schmaleren Lächeln, war sich aber nicht sicher, ob das besser aussah.

»So ein Quatsch!«, schalt sie sich selbst. Energisch wandte sie dem Spiegel den Rücken zu, ging in die Küche und schaltete die Kaffeemaschine ein.

Als es klingelte, warf sie trotz ihrer guten Vorsätze im Vorbeigehen einen Blick in den Garderobenspiegel und rückte das hübsche Seidentuch zurecht, das sie heute statt des dunklen Wollschals trug. Es war ein Geburtstagsgeschenk ihrer Tochter, das bisher unbenutzt in der Schublade gelegen hatte.

»Guten Tag, Bernhard.« Mit einer Handbewegung bat sie ihren Gast ins Haus.

»Du siehst gut aus, Kati.« Nachdem Bernhard sich auf der Fußmatte sorgfältig die Schuhe gereinigt hatte, trat er in die Diele.

»Ich sehe aus wie immer«, brummte Kati. Er sollte auf keinen Fall denken, sie hätte sich seinetwegen hübsch gemacht. »Allerdings geht es mir endlich wieder gut.«

»Dann siehst du eben wieder gesund aus«, korrigierte Bernhard sich lächelnd.

Seine freundlichen Reaktionen auf ihre schroffen Bemerkungen irritierten sie immer wieder aufs Neue. Jedes Mal nahm sie sich dann vor, in Zukunft netter zu ihm zu sein.

»Ich habe Kaffee gemacht«, erklärte sie und deutete auf die geöffnete Küchentür, durch die bereits aromatischer Duft in den Flur zog.

Bernhard hängte seine Jacke über einen Garderobenhaken und legte Schal, Mütze und Handschuhe auf das niedrige Schränkchen darunter. Dann überreichte er Kati eine kleine Tüte. »Lebkuchen aus dem *Plaudertäschchen.* Ich dachte, du hast mal wieder Appetit darauf.«

»Danke.« Sie ging ihm in die Küche voraus, schüttete die Lebkuchen in eine kleine Schale und füllte zwei Steingutbecher mit Kaffee. Dann saßen sie einander hinter ihren dampfenden Tassen gegenüber.

»Gestern ging es eigentlich ziemlich ruhig zu«, begann Bernhard ohne besondere Aufforderung mit seinem täglichen Bericht.

»Nur wenige Gäste, und das während der Adventszeit?«, erkundigte Kati sich erschrocken.

»Nein, nein«, beruhigte Bernhard sie sofort. »Es waren wie immer fast alle Tische besetzt. Aber inzwischen hat das Mädchen mit den bunten Haaren begriffen, wie die Sache im *Plaudertäschchen* läuft. Und Laura hat den Überblick. Obwohl der Hund immer noch in der Nische seitlich vom Tresen angebunden ist.«

»Hoffentlich bekommt das niemand vom Gesundheitsamt mit.« Kati runzelte die Stirn. »Das ist bestimmt verboten.«

»Das glaube ich nicht. Mach dir keine Sorgen«, beruhigte Bernhard sie und tätschelte ihren Arm. »Laura achtet streng darauf, dass er nicht in die Küche läuft. Und die Gäste dürfen ja auch Hunde mit ins Café bringen.«

»Und du meinst, diese Jacqueline kennt sich inzwischen mit der Arbeit aus? Das kann ich mir gar nicht vorstellen.« Obwohl es ihr natürlich vor allem darum ging, dass im Café alles glatt lief, spürte Kati einen leisen Stich. War sie gar nicht so unentbehrlich, wie sie gedacht hatte?

»Natürlich fehlst du trotzdem an allen Ecken und Enden«, fügte Bernhard schnell hinzu, als hätte er ihre Gedanken gelesen.

Kati lehnte sich auf ihrem Stuhl zurück, entspannte sich ein wenig und nippte an ihrem heißen Kaffee.

»Außerdem war da gestern noch die Geschichte mit dem Abendkleid«, erzählte Bernhard weiter.

Sofort beugte Kati sich wieder vor, stellte ihren Becher geräuschvoll zurück auf die Tischplatte und fixierte ihn mit starrem Blick. Das Interessanteste hatte er sich natürlich mal wieder bis zum Schluss aufgehoben.

»Niklas hat Laura ein Kleid für den Ball geschenkt«, sagte er langsam und ließ sie dabei nicht aus den Augen. »Und das wissen jetzt alle, die gestern im *Plaudertäschchen* waren.«

Kati seufzte laut. Über den geplanten Ball hatte Bernhard ihr gestern schon alles erzählt, und der Gedanke, was Laura dadurch für zusätzliche Arbeit hatte, gefiel ihr gar nicht. Zwar taten auch ihr die heimatlosen Tiere leid, aber für die war schließlich der Tierschutzverein zuständig. Niklas machte Lauras Leben entschieden kompliziert. Erst halste er ihr einen bissigen Hund und die Organisation eines Balls auf, und dann schenkte er ihr auch noch ein wahrscheinlich ziemlich teures Kleid, worüber morgen die halbe Stadt tuscheln würde.

»Gerda fragte gestern an der Theke, wann Laura denn mal das Ballkleid anprobieren will, das Niklas ihr geschenkt hat«, berichtete Bernhard weiter. »Niklas hatte Gerda gebeten, sich mal anzusehen, ob es tatsächlich perfekt sitzt. Weil es keine Träger hat, könnte es sonst rutschen. Laura weigerte sich, das Kleid anzuziehen. Sie sagte, sie hätte zu viel zu tun, und es würde schon passen. Da fingen ein paar von den Gästen an, sie lautstark zu bitten, das Kleid vorzuführen. Lauter Frauen natürlich. Es gab … eine Art Tumult. Aber

Laura hat es trotzdem nicht gemacht, und irgendwann kehrte wieder Ruhe ein.«

»Es wird Zeit, dass ich endlich wieder zur Arbeit gehe«, stellte Kati fest. »Morgen schreibt mich der Doktor ganz bestimmt nicht mehr krank. Mein Husten ist fast weg.«

»Es ist ein bisschen schade, dass ich dich dann nicht mehr besuchen kann«, murmelte Bernhard und rührte ausdauernd in seinem Kaffee, obwohl der Zucker sich längst aufgelöst haben musste.

»Wir sehen uns doch jeden Tag im Café.« Kati schaute suchend in ihren Becher, als könnte sie dort die Worte finden, von denen sie wusste, dass Bernhard sie gern von ihr hören wollte. Das Schweigen lastete wie eine schwere Regenwolke über dem Tisch. Da ihr nichts Besseres einfiel, griff Kati nach der Schale und hielt sie Bernhard unter die Nase. »Bedien dich!«

Ohne hinzusehen, wählte er einen Lebkuchen mit Schokoladenüberzug, biss hinein und kaute lustlos darauf herum, während er einen Punkt in der Luft direkt über Katis Kopf anstarrte.

In der kleinen Küche war nur das laute, emsige Ticken der Wanduhr zu hören.

*

Niklas hatte sich für den Abend mit Laura verabredet, um das Büfett für den Ball zu besprechen. Er ging zu Fuß, für den Fall, dass sie wieder gemeinsam Glühwein trinken würden. Ein Gedanke, der ihm gefiel, weil das aromatische Getränk Lauras Augen zum Leuchten und ihre Wangen zum Glühen brachte.

Als er das *Plaudertäschchen* betrat, waren bereits alle Gäste gegangen. Floyd lief im Raum herum und beschnupperte aufmerksam die Fußspuren auf den Holzdielen. Als er Niklas sah, kam er schwanzwedelnd zu ihm und ließ sich zur Begrüßung kraulen.

Laura hatte sein Eintreten nicht bemerkt. Gebückt stand sie vor dem Kaffeeautomaten und begutachtete ihr Spiegelbild in dem blankgeputzten Gehäuse.

»Du bist wunderschön«, entfuhr es ihm.

Erschrocken fuhr sie herum. »Wieso schleichst du dich so an?«, fauchte sie und strich die zarten Löckchen, die sich an ihre Schläfen schmiegten, streng zurück.

»Tut mir leid. Ich dachte, du hättest mich gehört.«

Sie schüttelte den Kopf, fasste mit der linken Hand ihre langen Haare im Nacken zusammen und schob mit der anderen Hand eine Spange darüber.

Niklas bedauerte ein wenig, dass sie ihre herrlichen goldblonden Wellen auf diese Weise bändigte, schwieg aber lieber. Laura gehörte nicht zu den Frauen, die sich erfreut für ein Kompliment bedankten. Dabei hätte er sie am liebsten mit Komplimenten überschüttet.

Für ihr wunderschönes Haar, das bei jeder Beleuchtung wie reifer Weizen in der Augustsonne leuchtete. Für ihre strahlend blauen Augen, die ihn an den Blautopf in Kaufbeuren erinnerten. Für ihr Lächeln, das ebenso plötzlich da war und wieder verschwand wie die Sonne an einem stürmischen Tag am Meer. Für die klugen Gedanken, die sie manchmal ganz unvermittelt aussprach …

»Wollen wir dann anfangen?«, unterbrach Laura seine Gedanken. Sie kam hinter dem Tresen hervor und deutete auf einen kleinen Tisch am Fenster. Dabei vermied sie es, ihn anzusehen. »Glühwein ist leider nicht mehr da. Möchtest du Tee?«

»Kakao wäre schön. Wenn das nicht zu viel Mühe macht.«

Sie starrte ihn verblüfft an. »Du trinkst gern Kakao? Es kommt selten vor, dass ein Mann Kakao bestellt.«

Er zuckte mit den Schultern. »Ich mache meine Männlichkeit nicht davon abhängig, was ich trinke. Als ich noch ein Kind war, hat meine Mutter mir vor dem Zubettgehen oft Kakao gekocht. Wenn ich nicht schlafen kann, mache ich mir jetzt noch manchmal einen.«

»Das ist auch mein Lieblingsgetränk!« Ihre Augen leuchteten, als hätte jemand ein Licht darin angeknipst. »Meine Mutter und ich haben unser eigenes Geheimrezept.« Sie wandte sich in Richtung Küche.

»Soll ich helfen?« Er hätte gern wieder neben ihr in der Küche gewerkelt.

»Wie ich schon sagte: Es ist ein Geheimrezept.« Sie lachte und verschwand.

Floyd lief bis zur Schwingtür und blieb davor stehen, obwohl er sie mit Leichtigkeit hätte aufstoßen können.

Er hatte offenbar begriffen, dass die Küche verbotenes Terrain für ihn war.

»Na, komm mal her.« Niklas holte aus seiner Hosentasche ein paar Leckerli, die er immer bei sich trug.

Floyd warf einen letzten sehnsüchtigen Blick in Richtung Küche und trottete zu Niklas, der ihm eines der Futterbröckchen gab. Während der kleine Hund darauf herumkaute, ließ er die Tür, hinter der er Laura wusste, nicht aus den Augen.

Niklas strich ihm über den Rücken. Sein struppiges Fell fühlte sich viel weicher an als noch vor wenigen Tagen. Wahrscheinlich hatte Laura ihn gebadet und gründlich gebürstet. »Mach dir keine Sorgen. Sie wird dich nicht wieder verlassen«, flüsterte er dem Hund zu.

Im selben Augenblick kehrte Laura mit zwei dampfenden Bechern zurück. Sie war umgeben von einer Wolke des bitter-süßen Dufts dunkler Schokolade, der sich mit dem verführerischen Aroma von Zimt und braunem Zucker mischte. Über allem schwebte der Geruch von Weihnachten. Eine geheimnisvolle Note, für die Niklas keinen Namen wusste. Er hatte Weihnachten immer geliebt, doch in diesem Jahr war es ihm schwergefallen, sich dem Zauber dieser Zeit hinzugeben. Der Stress mit dem Hotel und die Einsamkeit, die er manchmal ganz unvermittelt spürte, hatten verhindert, dass er in echte Weihnachtsstimmung kam. Nun war es, als hätte Laura eine Tür in seinem Inneren aufgestoßen und da drinnen ein paar Kerzen angezündet, die alles um ihn herum plötzlich heller strahlen ließen. Ausgerechnet Laura, die behauptete, Weihnachten nicht zu mögen.

»Probier das und sag mir deine Meinung.« Sie reichte ihm einen Becher und ließ sich ihm gegenüber am Tisch nieder.

Vorsichtig nahm er einen kleinen Schluck von dem heißen Getränk. Laura saß ganz still da und beobachtete ihn aufmerksam.

»Hm«, machte er, als der Kakao wie eine weiche Wolke durch seine Kehle glitt – heiß und gleichzeitig kühl durch die aufgeschäumte Milch, die Laura oben auf den Becher gegeben hatte. Auf seiner Zunge blieb ein kaum wahrnehmbarer Hauch von Schärfe zurück.

»Was schmeckst du?«, erkundigte Laura sich neugierig.

»Zimt. Aber außerdem ist da noch etwas anderes außer Kakao, Zucker und Milch. Pfeffer? Das kann nicht sein, oder? Obwohl … ein winziges bisschen davon …«

Sie kicherte fröhlich in sich hinein. »Es ist kein Pfeffer.«

»Was muss ich tun, um das Geheimnis zu erfahren?«

»Keine Chance!« Sie schüttelte den Kopf.

»Ich kann sehr hartnäckig sein.«

»Ich auch. Und außerdem verschwiegen wie ein Grab.«

Über dem Tisch kreuzten sich ihre Blicke. »Wir werden sehen.«

Er schlug die Mappe auf, die er mitgebracht hatte und

schob sie ihr hin. »Das ist die Liste der kalten und warmen Speisen fürs Büfett bei unserem Weihnachtsball.«

Während Laura sich über die Seite mit den Salaten beugte, versenkte er sich in den Anblick ihrer goldblonden Locken.

Eine gute Stunde später hatten sie nach einigen Diskussionen eine Speisenauswahl zusammengestellt, nebenbei jeder einen weiteren Becher Kakao getrunken und gemeinsam einen Teller mit Lebkuchen und Mohntalern geleert.

»Puh! Ich hätte nicht so viel essen sollen.« Laura presste sich die Hand auf den Magen.

»Das Zeug ist einfach zu gut. Darf ich?« Niklas streckte die Hand nach dem letzten Mohntaler aus.

»Ich weiß nicht. Vielleicht bekomme ich doch noch einen runter.« Sie grinste ihn an.

»Dann teilen wir.« Er brach das Plätzchen in der Mitte durch und gab ihr eine Hälfte.

»Hm. Die schmecken sogar noch, wenn einem schon fast schlecht ist.« Sie leckte sich den Mohn von den Fingern.

»Wir sollten noch einen Verdauungsspaziergang machen«, schlug Niklas vor. »Draußen schneit es. Sieh mal.«

Vor dem Fenster tanzten im Licht der Straßenlaterne große Flocken vom Himmel.

Laura starrte mit gerunzelter Stirn durch die Scheibe. »Gab es jemals im Dezember so viel Schnee?«

»Die meisten Menschen freuen sich über Schnee zu Weihnachten«, bemerkte er vorsichtig. Er wollte nicht wieder eine ihrer Anti-Weihnachts-Reden provozieren.

Doch nichts dergleichen geschah. Stattdessen sagte sie: »Floyd muss sowieso noch mal raus.«

Es dauerte eine Weile, bis sie ihre Jacken, Mützen, Schals und Handschuhe angezogen hatten und Laura in ihre gefütterten Stiefel geschlüpft war. Als sie schließlich die Tür öffneten, prickelte die klare, eisige Winterluft auf ihren Gesichtern. Floyd sprang fröhlich vor ihnen her, und unter ihren Füßen knirschte der Schnee.

Laura blieb stehen. »Hör mal.«

»Was denn?« Im Städtchen war es vollkommen still. Die meisten Einwohner zogen sich bei Einbruch der Dunkelheit in ihre Häuser zurück.

»Man kann den Schnee fallen hören«, wisperte sie.

Er hielt die Luft an und lauschte angespannt. Tatsächlich vernahm er ein feines Knistern.

»Stimmt«, erwiderte er, ebenfalls ganz leise. »Der Schnee flüstert.«

Schweigend gingen sie nebeneinanderher und erreichten nach wenigen Minuten den Stadtrand, wo das Licht des fast vollen Mondes den unberührten Schnee auf den Feldern zum Funkeln brachte.

»Eigentlich wünsche ich mir ja den Frühling her, aber ich könnte vielleicht noch ein, zwei Wochen warten«, flüsterte sie und starrte auf das Meer aus Eisdiamanten.

Wortlos streifte er mit der Spitze seines Fäustlings ihren Ärmel. Als er spürte, dass sie leicht zusammenzuckte, zog er seine Hand schnell zurück.

Nachdem sie Floyd ein paar Minuten beim Toben im Schnee zugesehen hatten, machten sie kehrt. Vor der Tür zum Café wusste Niklas nicht, wie er sich von Laura verabschieden sollte. Sollte er ihr die Hand schütteln, ihr einen Kuss auf die Wange drücken oder …

In der eisigen Luft hob sie ihm fragend ihr Gesicht entgegen. Sein Blick blieb an ihren leicht geöffneten Lippen hängen. Im matten Licht der Außenbeleuchtung glänzten sie verführerisch.

Die Fragen, die ihm eben noch durch den Kopf gegangen waren, gingen in einem seltsamen Nebel unter. Er beugte sich vor und spürte ihren Atem auf seinen Lippen. Da machte sie unvermittelt einen Schritt rückwärts.

Sofort wich auch Niklas zurück und griff nach Lauras Hand, die sie ihm entgegenstreckte, nachdem sie ihren Fäustling ausgezogen hatte.

Auch er streifte sich den Handschuh ab, bevor er sie berührte. Kühl lagen ihre Finger in seinen. Eine Weile hielt er sie fest und sah sie an, bis sie ihm hastig, als hätte sie sich verbrannt, ihre Hand wieder entzog.

»Schlaf gut, Laura.«

»Du auch«, murmelte sie und holte ihren Schlüssel aus der Jackentasche.

»Mach's gut, Floyd.« Niklas tätschelte dem Hund den Kopf und wartete, bis beide im Haus verschwunden waren. Dann machte er sich auf den Heimweg. Während er durch die stillen Straßen ging, fühlte er sich plötzlich sehr einsam. Konnte es tatsächlich sein, dass er ausgerechnet Laura vermisste? Die Frau, der er noch vor ein paar Monaten automatisch aus dem Weg gegangen war, wenn er ihr zufällig auf der Straße begegnet war.

12. Kapitel

»Wie hübsch du bist!« Bewundernd ließ Bernhard seinen Blick an Kati abwärtsgleiten. Sie trug das Haar wie immer im Nacken zu einem Knoten geschlungen, den sie jedoch heute mit einer weißen Stoffblume geschmückt hatte. An ihrem Hals schimmerte eine Kette aus Bernstein, die wunderbar zu ihrem braunen Samtkleid passte, das mit Goldfäden durchwirkt war.

»Ach, dieses alte Kleid!« Mit einer unbeholfenen Handbewegung wehrte sie sein Kompliment ab. Ihm entging aber nicht, dass ihre rosigen Wangen sich noch ein wenig tiefer färbten.

Nervös tastete Bernhard in den Taschen seines dunklen Anzugs nach den Eintrittskarten. Dann rückte er seine Krawatte gerade und strich sich über die wenigen Haare, die er zu Hause mit einem nassen Kamm in Form gebracht hatte.

»Ich war noch nie auf einem Ball«, gestand er Kati.

Sie legte den Kopf schief und sah ihn nachdenklich an. Dann verzog sie den Mund, den sie mit einem hellroten Lippenstift geschminkt hatte, zu einem verhaltenen Lächeln. »Ich auch nicht. Aber es ist ja für einen guten Zweck.«

Sie schlüpfte in ihren Mantel, den er ihr höflich hinhielt, dann verließen sie Seite an Seite Katis Haus. Damit sie in ihren hübschen Lackschuhen mit dem Blockabsatz auf dem frisch gefallenen Schnee nicht ausrutschte, griff Bernhard energisch nach ihrem Arm und stützte sie. Es war ein gutes Gefühl, wie selbstverständlich sie ihre Hand auf seinen Arm legte, als wären sie schon viele Male miteinander ausgegangen. Plötzlich freute er sich auf den Ball. Gemeinsam würden sie herausfinden, wie man sich bei einer solchen Gelegenheit verhielt, und sicher auch Spaß dabei haben.

*

Da sie nichts Passendes anzuziehen hatte, musste Sonja sich für den Ball ein neues Kleid kaufen. In der Adventszeit gab es in ihrem Blumenladen so viel zu tun, dass sie keine Zeit hatte, nach Ulm zu fahren. Deshalb suchte sie sich im Internet ein langes, schlicht geschnittenes Modell in Schwarz aus. Es wurde erst am Tag des Balls geliefert, und als sie es eine halbe Stunde vor Beginn der Veranstaltung anzog, sah es längst nicht so elegant aus wie an der wunderschönen Frau auf dem Foto. Vor allem weil es ihr viel zu weit war.

Sie versuchte zu retten, was zu retten war, indem sie

sich einen schwarzen Gürtel umschnallte, der nicht sonderlich gut zum Kleid passte. Unglücklich zupfte sie an ihren kurzgeschnittenen Haaren, die sie sich mit Gel aus dem Gesicht gestrichen hatte.

Ralf, dem sie bereits ausgiebig ihr Leid geklagt hatte, kam im seinem dunklen Anzug aus dem Bad. Als er ihr Gesicht sah, nahm er ihre Hände in seine. »Selbst in einem Sack wärst du die Hübscheste im ganzen Ballsaal.«

»Wie lieb von dir!« Vorsichtig, um ihr Make-up nicht zu verschmieren, hauchte Sonja ihrem Mann einen Kuss auf den Mund.

»Ich möchte mit keinem Mann lieber zu dem Ball gehen als mit dir«, flüsterte sie ihm ins Ohr.

Als sie wenige Minuten später die *Alb-Rose* erreichten, standen die ersten Besucher bereits mit Sektgläsern in den Händen in der Hotelhalle. Die Tür zum Ballsaal war noch geschlossen.

Während Ralf die Mäntel an der Garderobe abgab, schaute Sonja sich neugierig in der Halle um. Trillingen war eine kleine Stadt, deshalb kannte sie die meisten der bereits anwesenden Ballbesucher zumindest flüchtig. Laura und Niklas waren nicht zu sehen.

Als in ihrem Abendtäschchen das Smartphone vibrierte, brauchte Sonja eine Weile, um das kleine Telefon aus der überfüllten Tasche zu angeln.

»Hallo Marianne«, meldete sie sich fröhlich, nachdem sie einen Blick aufs Display geworfen hatte. »Ich bin gerade dabei, in einem Sack mit Gürtel den vornehmen

Ball zu besuchen, den deine Tochter organisiert hat.« Mit wenigen Worten beschrieb sie Marianne ihr Kleid.

»Du bist sicher trotzdem eine der Attraktivsten im Saal«, sagte Marianne überzeugt. »Ich wünsche dir einen tollen Abend.«

»Den werde ich haben. Und was gibt es bei dir Neues?«

Als hätte Marianne nur auf diese Frage gewartet, sprudelte es nur so aus ihr heraus.

Aufmerksam lauschte Sonja ihrer Freundin. »Ihr habt euch also entschieden«, stellte sie dann fest. »Bist du ganz sicher, dass du es auch möchtest? Ich dachte immer …«

»Ich bin sicher, und ich bin glücklich. Wir sind beide glücklich.« Sonja konnte das Lächeln in Mariannes Stimme hören.

In diesem Augenblick trat Laura an Niklas' Seite aus dem Ballsaal in die Halle. Ein tiefblaues Abendkleid umfloss ihren Körper wie kühles Wasser.

»Deine Tochter kommt gerade«, berichtete Sonja ihrer Freundin. »Sie ist wunderschön. Niklas hat ihr für den Ball ein Kleid geschenkt. Sie sieht darin aus wie eine Meerjungfrau.«

»Ein Kleid von Niklas? Und sie trägt es heute Abend?«, erkundigte Marianne sich verblüfft.

Sonja beobachtete, wie Niklas seine Hand leicht auf Lauras Schulterblatt legte und mit ihr die Halle durchquerte, um die erste Gästegruppe zu begrüßen. Unterwegs blieb er bei einem der Kellner stehen, nahm einen

Sektkelch von seinem Tablett, reichte ihn Laura und bediente sich dann selbst.

»Sie haben sich ja früher nicht gut verstanden, aber wenn man sie heute sieht, könnte man eher meinen, dass sie schon seit einer Ewigkeit ein Paar sind. Entweder können sie sich gut verstellen, oder da hat sich was geändert.«

»Wer weiß.« Marianne lachte verhalten.

»Ich muss jetzt Schluss machen und mich um den Verkauf der Lose für die Tombola kümmern. Ich habe vor, den Ballbesuchern möglichst viel Geld für das Tierheim aus den Taschen zu ziehen.«

Als Sonja sich umdrehte, sah sie direkt in Lauras blaue Augen. Ihre Patentochter hielt ihr eine hübsche bunte Blechdose hin, in der sich offenbar die Lose für die Weihnachtstombola befanden. Sonja selbst hatte einen der Hauptpreise gespendet: ein Jahr lang jede Woche einen frischen Blumenstrauß.

»Es wird Zeit, dass du in Aktion trittst.«

Laura überreichte ihr die improvisierte Lostrommel. Als Niklas neben ihr auftauchte und ihren Oberarm berührte, lächelte sie ihn an. Auch aus der Nähe wirkten die beiden vertraut, und gleichzeitig spürte Sonja eine seltsame Spannung zwischen ihnen.

»Wir sollten jetzt die Leute in den Saal lassen«, sagte Niklas leise zu Laura.

»Ich werde euren Gästen den letzten Cent aus der Tasche ziehen, damit die armen Tiere wieder ein Dach über den Kopf bekommen,« kündigte Sonja voller Tatendrang an. »Und du gehst schon mal in den Saal und forderst alle alleinstehenden älteren Damen zum Tanz auf«, neckte sie ihren Mann und drückte ihm einen Kuss auf die Wange. »Das ist gut fürs Geschäft.« Natürlich wusste sie genau, dass Ralf keinen Fuß auf die Tanzfläche setzen würde.

Schmunzelnd marschierte Sonja hinter Laura und Niklas zur Tür, die von der Hotelhalle in den großen Saal führte. Im selben Moment, in dem sie dort angekommen war, erlosch das Licht in der Halle. Gleichzeitig stießen Laura und Niklas die Flügeltüren zum Ballsaal auf.

»Ah!« Durch die Menge ging ein Raunen. Dann herrschte einige Sekunden atemlose Stille, bis jemand in die Hände schlug und die übrigen Anwesenden in den Applaus einfielen.

Ihre improvisierte Lostrommel hinderte sie zwar am Klatschen, aber auch Sonja starrte wie gebannt in den geschmückten Ballsaal. Das Licht der Kronleuchter und der Windlichter, die auf den Tischen standen, brachte zahllose silberne und goldene Sterne aus Metallfolie zum Funkeln. Die Sterne hingen von der Decke, waren an den Wänden befestigt oder lagen auf den Tischen. Auch die polierten Gläser, die darauf warteten, gefüllt zu werden, glänzten festlich.

Sonja postierte sich neben der Tür, hielt Helga Thiersen, der Frau des einzigen Bauunternehmers in Trillingen, ihre Dose unter die Nase und schüttelte sie auffordernd. Die Thiersens waren äußerst wohlhabend und für ihren Geiz bekannt, Sonja aber auch für ihre Hartnäckigkeit.

»Es gibt wunderbare Preise, und es ist für einen guten Zweck«, erklärte sie streng.

Helga Thiersen sah sie mit zusammengekniffenen Augen an und öffnete dann mit einem unterdrückten Seufzer ihr Abendtäschchen. Sonja erkannte mit geübtem Blick, dass es mindestens zweihundert Euro gekostet haben musste. »Na gut, dann nehme ich eins.«

Sonja verkniff sich ein Schmunzeln. Sie war wild entschlossen, Helga nicht aus ihren Fängen zu lassen, bevor sie ihr mindestens fünf Lose abgekauft hatte.

*

»Was für ein gelungenes Fest!« Agnes Dreier schwenkte ihr Sektglas so begeistert vor Lauras Nase, dass es fast überschwappte. Obwohl das Büfett und die Bar erst vor einer knappen Stunde eröffnet worden waren, hatte die alte Dame schon einen leichten Schwips.

»Freut mich, dass es Ihnen gefällt«, erwiderte Laura höflich und sah sich nach Niklas um. Er stand in der Nähe des Büfetts und half soeben Gerda, mit ihrem gefüllten Teller einen Platz an einem der kleinen Tische zu finden. Als hätte er Lauras Blick gespürt, drehte er den Kopf und lächelte ihr quer durch den Saal zu.

Ihre Wangen wurden ganz heiß. Hastig wandte sie sich wieder Agnes zu, die soeben einen kräftigen Schluck aus ihrem Glas genommen hatte.

»Ich glaube nicht, dass Niklas das allein so wunderbar

hinbekommen hätte«, sprudelte Agnes dann heraus. »Du bist seine Inspiration. Das sieht man sofort. Ihr beide seid so ein schönes Paar.« Dieses Mal schwappte bei der heftigen Armbewegung, mit der sie ihre Aussage untermalte, doch etwas aus ihrem Glas. Laura wich schnell zurück, um keine Sektdusche abzubekommen.

»Eure Kinder werden bestimmt ganz zauberhaft«, erklärte die alte Dame begeistert.

»Unsere Kinder?«, rief Laura so laut, dass sich die Thiersens interessiert zu ihr umdrehten. Sie standen mit zwei randvoll beladenen Tellern an einem Stehtisch in der Nähe und stopften so viel wie nur möglich in sich hinein, damit sich das Geld für die Eintrittskarten rentierte.

»Niklas und ich … Wir sind kein Paar«, teilte Laura der beschwipsten Agnes eilig mit. »Wir sind befreundet, das ist alles.«

Die alte Frau kicherte in sich hinein. »Wer's glaubt. Er müsste ja auch blind sein, wenn er nicht sehen würde, wie zauberhaft du heute Abend aussiehst. Allerdings hättest du in meinem Laden sicher ein ebenso schönes Kleid gefunden. Dieses hier hätte dir zum Beispiel auch wunderbar gestanden.« Stolz deutete Agnes auf ihre Brust, die das Oberteil des violetten, mit schwarzer Spitze verzierten Kleides fast sprengte.

»Ja, bestimmt.« Laura wunderte sich, dass Agnes offenbar als Einzige in Trillingen nicht wusste, dass die Kleidungsstücke, die sie in ihrem kleinen Geschäft anbot, nur von Frauen ab siebzig getragen wurden.

»Komm doch mal bei mir im Laden vorbei. Ich habe auch sehr schicke Freizeitkleidung. In einem dieser hellbraunen Trainingsanzüge mit weißen Paspeln würdest du einfach entzückend aussehen.«

Als jemand ihr von hinten auf die Schulter tippte, wandte Laura sich erleichtert um und sah direkt in Niklas' Augen. Dieser Mann hatte einfach das außerordentliche Talent, sie aus allen Gefahren zu retten.

»Es wird Zeit, den Ball zu eröffnen«, murmelte Niklas ihr zu, nachdem er sich bei Agnes entschuldigt hatte.

Laura schaute zu der erhöhten Plattform, auf der soeben die Musiker ihre Instrumente auspackten. »Ball eröffnen?«, flüsterte sie entsetzt.

»Irgendjemand muss es tun, und da sich erfahrungsgemäß keine Freiwilligen finden ...« Er ließ den Rest des Satzes in der Luft hängen und zuckte mit den Schultern.

Sie erinnerte sich vage, dass Niklas während der Vorbereitungen schon etwas in der Richtung erwähnt hatte. Aber das hatte sie vollkommen verdrängt.

»Hast du den Bürgermeister gefragt? Und die Thiersens?«

»Glaube mir, wir müssen uns opfern!« Entschlossen nahm Niklas sie beim Arm und wollte sie mit sich ziehen, doch Laura stemmte sich mit aller Macht dagegen.

»Ich kann nicht tanzen!«

»Falls es dich beruhigt: Ich auch nicht.« Niklas grinste sie an.

Auch das noch! »Aber wie stellst du dir das denn

vor? Wir machen uns komplett zum Horst, und alle sehen zu?« Sie hatte schon das Bild vor Augen, wie sie über ihre eigenen Füße stolperte, sich auf der Tanzfläche langmachte und Niklas mit sich riss. Vielleicht war aber auch er derjenige, der als Erster zu Boden ging …

»Ich stelle es mir so vor, dass wir uns im Takt der Musik bewegen. Irgendwie im Kreis herum.« Falls sein Lächeln beruhigend sein sollte, verfehlte es seinen Zweck vollkommen.

Widerstrebend folgte Laura ihm zum Rand der kleinen Bühne. Während Niklas mit dem Pianisten verhandelte, stand sie daneben und kämpfte tapfer ihren Fluchtinstinkt nieder. Mit einem hatte Niklas recht: Irgendjemand musste es tun, sonst würde niemand tanzen und ihr sorgfältig geplanter Ball würde ein Misserfolg.

Als Niklas sich wieder ihr zuwandte, war sein Gesicht plötzlich ernst. »Ehrlich gesagt, bin ich jetzt doch ein bisschen aufgeregt.«

»Dann sind wir schon zwei«, flüsterte sie ihm zu und musste lächeln. In dem Moment, in dem er ihr seine Sorge gestanden hatte, war seltsamerweise ihre eigene Angst kleiner geworden. Als hätten sie die Unsicherheit unter sich aufgeteilt.

Die Band spielte einen Tusch, sämtliche Gäste drehten sich erwartungsvoll um, und Niklas hielt eine kleine Rede. Er bedankte sich für das zahlreiche Erscheinen der Trillinger und berichtete, dass nur noch einige wenige Tombola-Lose übrig seien. Abschließend erklärte er, er werde nun gemeinsam mit seiner »zauberhaften Mitorganisatorin Laura« den Ball eröffnen.

Die ganze Zeit hielt er dabei Lauras Hand fest, und sie war sich nicht sicher, ob er damit sich selbst oder ihr Mut machen wollte. Nachdem er Laura auf die Tanzfläche gezogen hatte, legte er seinen Arm um sie und berührte dabei mit seiner Hand ihren nackten Rücken. Laura erschauderte. Sie konnte jede einzelne seiner Fingerkuppen kühl auf ihrer heißen Haut spüren

Die Musik setzte ein, und Laura erkannte einen der Weihnachtshits, die jedes Jahr aufs Neue in der Vorweihnachtszeit täglich mehrmals im Radio gespielt wurden. Aber sie war viel zu aufgeregt, um sich an den Titel zu erinnern.

Mit klopfendem Herzen wartete sie, dass Niklas den ersten Schritt machte, doch er rührte sich nicht. Dachte er etwa, sie würde anfangen? Was war das überhaupt für ein Tanz? Ein Walzer? Im Grunde war das auch egal, weil sie weder den Walzer noch irgendeinen anderen Standardtanz beherrschte.

»Ein, zwei, drei«, zählte sie leise. »Eins, zwei, drei.«

Als hätten sie es vorher abgesprochen, setzten sie sich gleichzeitig in Bewegung, als Laura zum zweiten Mal bei eins anfing. Dummerweise wollte sie jedoch nach links und er nach rechts, sodass es nur einen Ruck gab, ohne dass sie sich von der Stelle bewegten.

Laura spürte ein Kitzeln in ihrer Kehle. Sie schielte nach oben in Niklas' Gesicht und sah seine Mundwinkel zucken. Ohne nachzudenken, prustete sie los. »Wir können überhaupt nicht tanzen!«, stieß sie so laut hervor, dass es im ganzen Saal zu hören war.

Sie spürte, wie Niklas' Brust anfing zu beben, als er ebenfalls lachte. Die Gäste stimmten mit ein, und einige fingen an, im Takt der Musik zu klatschen.

Als hätte jemand einen Schalter umgelegt, bewegten Niklas und Laura sich plötzlich gleichzeitig in die gleiche Richtung, drehten sich und wiegten sich zu der einschmeichelnden Melodie. Es war so einfach, als hätten sie schon unzählige Male miteinander getanzt. Dabei sahen sie einander lächelnd an.

»Erstaunlich«, stellte Niklas nach einer Weile fest. »Vielleicht können wir ja doch tanzen und wussten es gar nicht.«

»Vielleicht«, stimmte sie ihm zu und lehnte sich in seinem Arm nach hinten, während er sie in einem weiten Bogen über die Tanzfläche führte. Gleichzeitig forderte er mit einer weit ausholenden Armbewegung die Gäste auf, ebenfalls zu tanzen.

Über seine Schulter sah Laura das Ehepaar Thiersen, das so verbissen vor sich hin tanzte, als müsste es auch hierbei möglichst viel aus dem Geld für die Eintrittskarten herausholen. Im Gegensatz dazu bewegten sich Kati und Bernhard vollkommen entspannt über die Tanzfläche und unterhielten sich dabei lächelnd. Auch die meisten anderen Gäste schienen ihren Spaß zu haben.

Laura genoss den Augenblick, die Leichtigkeit, mit der

sie über das Parkett schwebte, die Stärke, mit der Niklas sie führte, die bunten Kleider, die auf der Tanzfläche um sie herumwirbelten. Die sanften Lichtkreise der Kerzen, die sich um sie herum ebenfalls im Rhythmus der Musik zu bewegen schienen, steuerten zu der festlichen Atmosphäre bei.

Als das Stück zu Ende war, bedauerte sie es, obwohl sie sich so vor diesem Tanz gefürchtet hatte. Sanft stieß sie sich mit einer Hand von Niklas' Brust ab, um ein wenig Abstand zwischen ihren Körpern zu schaffen. Gleichzeitig wandte sie den Kopf ab, weil seine Augen sie im Kerzenschein mehr denn je an geschmolzene Zartbitterschokolade erinnerten. Und es war schwierig, sich dem Reiz von dunkler Schokolade zu entziehen.

»Schade, das hat wirklich Spaß gemacht.« Widerstrebend gab er sie frei.

»Es wird Zeit, dass ich mich um den Glühwein kümmere«, stieß sie hervor und flüchtete quer durch den Ballsaal vor den seltsamen Gefühlen, die seine Gegenwart in ihr auslöste.

13. Kapitel

Um zehn Uhr ließ Niklas das Büfett abräumen. Dann wurden auf dem langen Tisch mehrere Wärmeplatten mit Kupferkesseln darauf verteilt, in denen Glühwein dampfte, hergestellt nach Mariannes Spezialrezept. Dazwischen standen Teller mit Lebkuchen und Mohntalern. Der Duft nach Zimt, Kardamom und fruchtig-bitterer Orangenschale verbreitete sich innerhalb weniger Minuten im ganzen Ballsaal. Über allem schwebte das berauschende Aroma des heißen Rotweins. Laura hatte das Gefühl, allein vom Luftholen einen Schwips zu bekommen, als würden lauter bunt schillernde Seifenblasen durch ihr Blut tanzen. Vielleicht war es aber auch einfach nur die Erleichterung, dass bis jetzt alles so wunderbar geklappt hatte, die dieses Gefühl in ihr weckte.

»Endlich!«, freute sich Agnes, die an Laura vorbei auf einen der Kessel zueilte. Sie hatte inzwischen dem Sekt so begeistert zugesprochen, dass sie beim Durchqueren des Saals schwankte wie ein Matrose auf hoher See bei Windstärke 10.

Besorgt beobachtete Laura, wie sie sich von einem der Kellner ein Glas füllen ließ. Sie wollte zu der alten Dame gehen, um Schlimmeres zu verhindern, doch Niklas hielt sie am Unterarm fest.

»Alles okay. Sie hat sich aus dem richtigen Kessel etwas geben lassen. In ihrem Zustand wird sie den Unterschied nicht bemerken. Wir müssen nur dafür sorgen, dass sie bei dieser Sorte bleibt.«

Eines der Gefäße enthielt alkoholfreien Glühwein, wie auch das Schild daneben verriet. Laura und Niklas hatten nach Mariannes Grundrezept eine Variante ohne Wein entwickelt. Auf diese Weise sollten all jene, die Wert auf einen klaren Kopf legten, ebenfalls in den Genuss eines duftenden, heißen Getränks kommen, das wie Weihnachten am Kamin schmeckte.

»Unser Ball ist ein Riesenerfolg«, erklärte Niklas, der so dicht neben ihr stand, dass ihr nackter Arm das glänzende Revers seines Smokings berührte. »Sämtliche Eintrittskarten sind verkauft, und Sonja hat mit den Losen fast zweitausend Euro eingenommen. Das bedeutet, zusammen mit den Rücklagen des Tierschutzvereins können nach Weihnachten die wichtigsten Arbeiten am Tierheim bezahlt werden.«

»Krass! So schnell schon?!«, freute Laura sich spontan. »Gut, dass die Tiere dann bald wieder ein Dach über dem Kopf haben. Wenn ich zurück nach München fahre, muss Floyd schließlich auch …« Sie stockte, als sie zufällig in Richtung Tür schaute. Erschrocken presste sie sich die Hand vor den Mund und machte instinktiv einen Schritt rückwärts, um sich hinter Niklas zu verstecken.

»Was ist denn?« Er wollte sich umdrehen, doch sie klammerte sich mit beiden Händen an der Rückseite seines Jacketts fest.

»Da ist jemand, dem ich nicht unbedingt begegnen möchte.«

»Hallo Laura. Kann ich kurz mit dir sprechen?«

Die Stimme war ganz nah und kam von der Seite. Hastig richtete Laura sich auf und versuchte so zu tun, als sei es die normalste Sache der Welt, gebückt hinter einem gut aussehenden Mann im Smoking herumzustehen.

»Hallo Sarah«, erwiderte Laura und stellte sich reflexartig gerader hin. Mit ihren gut Einssiebzig plus Zehn-Zentimeter-Absatz war sie einen knappen Kopf größer als die zierliche Sarah.

»Ich habe mir die Eintrittskarte nur gekauft, weil ich mit dir reden möchte.« Sarah legte den Kopf in den Nacken, um Laura ins Gesicht sehen zu können.

»Die Investition hättest du dir sparen können. Ich habe nicht vor, mit dir zu reden!« Laura verschränkte die Arme vor der Brust.

An dieser Stelle mischte Niklas sich ein. »Wenn Laura nicht möchte, dass du hier bist, muss ich dich bitten zu gehen, Sarah. Das Geld für deine Eintrittskarte bekommst du selbstverständlich zurück.«

Er kannte Sarah flüchtig von der gemeinsamen Schulzeit. Da er aber mit Laura verfeindet gewesen war, hatte

Sarah damals, als sie noch allerbeste Freundinnen gewesen waren, natürlich ebenfalls nicht mit ihm geredet. Jetzt war er auf Lauras Seite – ein Gefühl, das ihr guttat.

»Nicht nötig«, sagten Laura und Sarah wie aus einem Mund und starrten einander an.

»Wie bitte?« Ratlos sah Niklas von einer zur anderen.

»Es ist nicht nötig, dass Sarah geht«, erklärte Laura. »Wenn ich über ihr Kommen auch nicht gerade außer mir vor Freude bin, fühle ich mich durchaus in der Lage, mich in einem Raum mit ihr aufzuhalten.« Sarah sollte nicht denken, sie würde immer noch darunter leiden, dass Sven sie mit ihr betrogen hatte.

»Darf ich dir nur ganz kurz etwas sagen?« In Sarahs grünen Augen standen plötzlich Tränen.

»Nur wenn du mir nichts darüber vorheulst, wie leid es dir tut, unsere Freundschaft verraten zu haben.« Laura konnte selbst hören, wie eisig ihre Stimme klang.

»Ich gehe dann mal nachsehen, ob noch genügend Lebkuchen und Mohntaler da sind.« Niklas wollte sich diskret zurückziehen, doch Laura hielt ihn am Ärmel fest.

»Du kannst ruhig hören, was Sarah mir zu sagen hat.« Natürlich war ihr klar, dass es Sarah in Niklas' Anwesenheit besonders schwerfallen würde, mit ihr zu reden.

Zwar wirkte Niklas etwas unbehaglich, doch er blieb.

Sarah holte tief Luft und ließ ihren Blick suchend durch den Ballsaal schweifen, als könnte sie dort die richtigen Worte entdecken. »Was ich vor zwei Jahren kurz nach Weihnachten gemacht habe, war schrecklich. Und ich weiß, dass wir wahrscheinlich niemals wieder Freundinnen sein werden. Aber trotzdem möchte ich dir sagen, dass mir entsetzlich leidtut, was damals passiert ist.«

»Mir auch«, presste Laura zwischen ihren zusammengebissenen Zähnen hervor. Sie beobachtete über Sarahs Kopf hinweg, wie Agnes sich von dem alkoholfreien Punsch nachschenken ließ, während am anderen Ende des Saals Kati und Bernhard eng aneinandergelehnt dasaßen und sich vertraut unterhielten.

»Ich war schon während unserer Schulzeit in Sven verknallt, aber du hast als Erste für ihn geschwärmt. Und als deine Freundin habe ich dir ganz selbstverständlich den Vortritt gelassen. Als ihr beide dann in München gelebt habt, war ich froh, ihn nur noch selten sehen zu müssen. Doch dann seid ihr zusammen über Weihnachten hierhergekommen, und wir haben uns fast jeden Tag getroffen. Meine Gefühle, die ich vorher ganz gut im Griff hatte, wurden immer stärker. Jeden Tag, jede Stunde … es war schrecklich.« Sarah knetete ihre Hände und starrte mit feuchten Augen in die Luft, als müsste sie noch einmal die quälende Sehnsucht jener Tage durchleben.

»Ich konnte einfach nicht mit dir darüber reden. Insgeheim habe ich gehofft, ihr würdet irgendwann feststellen, dass ihr doch nicht zueinanderpasst, und ich würde eine Chance bekommen. Was total blöd war, denn schließlich wart ihr damals schon seit fast zehn Jahren ein Paar.« Sarah richtete ihren flehenden Blick auf Laura.

Die stand einfach nur da und sah ihre ehemalige Freundin wortlos an.

»Als ihr euch Weihnachten so plötzlich verlobt habt, war ich vollkommen entsetzt«, flüsterte Sarah so leise, dass ihre Stimme fast in der Musik unterging.

»Du hast mir zur Verlobung gratuliert«, stellte Laura fest und wunderte sich im Nachhinein, dass sie damals von Sarahs Gefühlen nichts mitbekommen hatte. Ihre Liebe zu Sven hatte sie offenbar für alles andere taub und blind gemacht. So gesehen hatte sie als Erste die Freundschaft mit Sarah verraten. Ein kleines bisschen zumindest.

»Als ich von euren Zukunftsplänen gehört habe, war es, als würde ich in ein tiefes Loch fallen. Ich hatte gerade erst kapiert, wie viel dieser Mann mir bedeutete, da habt ihr beschlossen zu heiraten.«

»Ich habe so lange gewartet, dass er endlich dazu bereit war«, entfuhr es Laura. »Leider habe ich nicht gemerkt, wie verschieden wir in Wirklichkeit waren. Ich träumte von Hochzeit, von Familie und einem kleinen Hotel, das wir gemeinsam führen konnten. Er hingegen wollte sich erst einmal austoben. Wollte lieber ins Ausland, stand auf Abenteuer und Karriere.«

Sarah nickte. »Ich weiß. Wir waren nur vier Wochen zusammen, dann hat er mir erzählt, dass er einen tollen Job in Dubai antreten würde. Aber warum hat er dich dann gefragt, ob du ihn heiraten willst?«

Laura zuckte mit den Schultern. »Um eine lange Geschichte kurz zu machen: Ihm fiel kein besseres Weihnachtsgeschenk ein.«

Entsetzt starrte Sarah ihre ehemalige Freundin an. »Das tut mir leid!«

Seltsamerweise glaubte Laura ihr diese Worte. Niklas schien zu spüren, wie weich ihre Knie waren, denn er legte schützend den Arm um sie. Dankbar lehnte sie sich an ihn.

»Sven ist kein Mann für eine feste Beziehung«, stellte Laura schlicht fest. »So einfach ist das.«

»Weh tut es trotzdem.« Sarah verzog die Lippen zu einem zittrigen Lächeln.

»Na ja, es ist wohl etwas anderes, einen Mann zu verlieren, mit dem man fast zehn Jahre zusammen war, als wenn der Typ, den man seiner besten Freundin ausgespannt hat, sich nach vier Wochen wieder vom Acker macht.« Als die Worte heraus waren, biss Laura sich auf die Lippen. So viel zu ihrem Versuch, ihre Bitterkeit nicht zu zeigen!

»Zum Glück bin ich längst wieder glücklich.« Demonstrativ lehnte sie den Kopf an Niklas' Schulter, schmiegte sich noch enger in seinen Arm und legte die Hand auf seine Brust. Dabei hoffte sie inständig, er werde auf ihr Spiel eingehen.

»Das freut mich für dich … für euch. Wirklich …« Erneut knetete Sarah nervös die Hände vor ihrem Körper.

»Und das Schönste ist«, fuhr Laura unerbittlich fort, »bei Niklas bin ich mir sicher, dass er der Richtige für mich ist. Nicht wahr, Nicky?« Sie stieß ihn spielerisch in die Seite.

»Äh. Ja. Natürlich.« Während er brav nickte, kniff er sie so kräftig in die Taille, dass sie zusammenzuckte.

»Das freut mich, Laura. Du hast es verdient, glücklich zu sein. Mach's gut. Macht es beide gut.« Sarah wandte sich ab und tat zwei Schritte in Richtung Tür, überlegte es sich dann aber anders und kam zurück. »Irgendwie habe ich schon in der Schule gedacht, dass ihr zwei eigentlich gut zusammenpassen würdet. Da war immer so ein Knistern in der Luft, sobald ihr aufeinandertraft. Ich wünsche euch alles Glück auf Erden.«

»Vielen Dank! Wir sind sehr glücklich.« Niklas lächelte sie strahlend an, während Laura sprachlos dastand.

Als Niklas sie plötzlich an sich zog und seine Lippen auf ihre presste, schnappte sie erschrocken nach Luft. Sein Kuss war überraschend leidenschaftlich, und ein Kribbeln durchlief sie von den Haarwurzeln bis zu den Zehen. Seine Zungenspitze glitt über ihre Unterlippe, schlüpfte ein winziges Stück in ihre Mundhöhle, berührte ganz kurz ihre Zunge und war wieder fort.

Nachdem Niklas ihren Mund wieder freigegeben hatte, hielt er sie immer noch bei den Schultern fest. Das war auch besser so, weil sie sonst ins Taumeln geraten wäre.

»Was …?«, setzte sie an, wusste aber nicht weiter.

»Du wolltest doch glaubwürdig wirken, oder etwa nicht?«, flüsterte er ihr ins Ohr.

Als sie über seine Schulter sah, stellte sie fest, dass offensichtlich sämtliche Gäste im hinteren Teil des Saals den Kuss beobachtet hatten. Nun starrten sie Laura und Niklas mehr oder weniger direkt an, um auf keinen Fall zu verpassen, wie es weiterging. Vorsichtig befreite Laura sich von Niklas' Händen, die immer noch auf ihren Schultern lagen.

Sie drehte sich um, weil sie sehen wollte, ob Sarah ebenfalls etwas von dem Kuss mitbekommen hatte. Doch ihre ehemalige Freundin ging zielstrebig auf die Tür zu.

Lauras Beine setzten sich in Bewegung, bevor der Plan in ihrem Kopf angekommen war. Mit gerafftem Rock hetzte sie quer über die Tanzfläche und an der kleinen Bühne vorbei. Dennoch holte sie Sarah erst draußen in der Halle ein.

»Warte«, stieß sie atemlos hervor.

Erstaunt wandte Sarah sich um. »Ja?«

»Ich … Im Grunde ist es doch blöd, wegen eines Typen, in dem wir uns beide getäuscht haben, unsere Freundschaft aufzugeben.« Wieder musste sie nicht nachdenken. Die Worte waren einfach da. Sie schienen direkt aus ihrem Herzen zu kommen.

Sarahs grüne Augen fingen an zu strahlen. »Meinst du das ernst. Kannst du mir verzeihen?«

Nach kurzem Nachdenken nickte Laura. »Du hast mir schrecklich gefehlt. Trotz allem. Ich glaube nicht, dass ich jemals wieder eine so gute Freundin wie dich finde.«

»Du mir auch«, flüsterte Sarah und fiel Laura um den Hals.

Lange standen die Freundinnen so da. Dann befreite Laura sich vorsichtig aus Sarahs Armen. »Bleib doch noch und trink ein Glas Glühwein mit uns.«

»Ich würde gern, aber meine Eltern warten auf mich. Sie haben die ganze Verwandtschaft zu einem Abschiedsfest zusammengetrommelt – ich werde ab morgen für ein halbes Jahr in die italienische Niederlassung meiner Firma nach Rom gehen. Meine Abreise wurde kurzfristig um zwei Wochen vorverlegt, weil sie mich wegen der Grippewelle in Italien dringend brauchen. Deshalb wollte ich auch unbedingt heute noch mit dir sprechen, nachdem ich zufällig gehört hatte, dass du zusammen mit Niklas diesen Ball organisiert hast.«

»Du verschwindest morgen für sechs Monate? Aber ich habe dir schrecklich viel zu erzählen.« Laura wollte ihre Freundin nicht sofort wieder gehen lassen, nachdem sie sie gerade wiedergefunden hatte.

»Ich dir auch. Aber wir können telefonieren«, tröstete Sarah sie mit Tränen in den Augen.

Nachdem sie sich zum Abschied noch einmal fest umarmt hatten, verließ Sarah das Hotel, während Laura zurück in den Ballsaal ging.

»Alles in Ordnung?«, erkundigte Niklas sich mit einem besorgten Blick, als sie wieder bei ihm war.

Sie nickte. Von der Versöhnung mit Sarah konnte sie ihm später erzählen. Obwohl es ihn eigentlich nichts anging.

»Gut. Dann will ich eines gleich klarstellen: Nenn

mich nie wieder Nicky!« Mit funkelnden Augen grinste er sie an.

»Finde ich auch blöd. Aber du musst zugeben, dass es sehr … vertraut klingt. Und sie hat es mir abgekauft.«

»Du kannst ganz schön gemein sein«, stellte Niklas fest. »Aber das weiß ich ja schon lange. Die eiskalte Verachtung, mit der du mich all die Jahre gestraft hast. Deine Blicke können wirklich töten – zumindest das Selbstbewusstsein eines Fünfzehnjährigen.«

»Sie hatte es verdient. Und du auch. Damals.« Laura rieb die Stelle, wo er sie gekniffen hatte. Das Prickeln ihrer Lippen ignorierte sie dabei nach Kräften. »Hättest du mich nicht mit meinem wunderschönen neuen Kleid in den Dreck geschubst und anschließend noch ausgelacht, hätte ich dich niemals so angesehen.«

»Können wir das mit der Feindschaft zwischen uns jetzt endlich mal vergessen?« Dieses Mal blieben seine Augen ernst. »Ich habe mich bei dir entschuldigt, ich habe dir ein neues Kleid gekauft, und wir haben viel Zeit miteinander verbracht, ohne uns gegenseitig die Köpfe einzuschlagen. Außerdem sind wir ein richtig gutes Team. Sieh dir an, was wir zusammen auf die Beine gestellt haben.«

Sie wollte gerade etwas erwidern, als Kati neben ihr auftauchte und sie anstrahlte. »Wusste ich es doch! Ich habe schon neulich am Telefon zu deiner Mutter gesagt, dass sich zwischen Niklas und dir etwas anbahnt. Aber sie meinte, das kann nicht sein. Weil ihr euch doch als

Kinder überhaupt nicht vertragen habt. Also, wenn ich ihr das erzähle …«

Energisch packte Laura die begeisterte Frau am Ärmel. »Es gibt nichts zu erzählen, Kati. Der Kuss … das war wegen Sarah.«

Es dauerte einen Moment, bis das Lächeln aus Katis Gesicht verschwand. Sie kniff die Augen zusammen und musterte Laura prüfend. Unvermittelt zog sie erneut die Mundwinkel hoch. »Mich kannst du nicht täuschen, mein Kind. Das war nicht nur wegen Sarah. Allein wie ihr euch den ganzen Abend schon anseht!«

»Wenn es danach geht, habe ich auch gewisse Blicke beobachtet.« Laura zwinkerte Kati zu. »Zwischen Bernhard und dir. Hast du meiner Mutter davon auch schon erzählt?«

Prompt färbten sich die Wangen der älteren Frau rosig. »Was du da gesehen haben willst!« Hektisch wedelte sie mit der Hand durch die Luft, als müsste sie einen Schwarm lästiger Fliegen verscheuchen. »Wir sind befreundet, weiter nichts.«

»Siehst du. Genauso ist es mit Niklas und mir!«, erklärte Laura triumphierend. »Nicht wahr, Niklas?«

Sie drehte sich um, damit Niklas ihre Worte bestätigte, doch der war inzwischen zu einem der Glühweinkessel gegangen, um dort beim Ausschank zu helfen.

»Ich muss unbedingt die Gebäckteller auffüllen.« Laura raffte ihren meerblauen Rock, nickte Kati freundlich zu und eilte geschäftig davon.

14. Kapitel

Da das einzige Taxiunternehmen in Trillingen nur über drei Wagen verfügte, war es mehr als schwierig, nach Ende des Balls ein Taxi zu bekommen. Laura versuchte es jedenfalls vergeblich. Da sie in ihrem Ballkleid unmöglich zu Fuß durch den Schnee nach Hause gehen konnte, war es für Niklas unerwartet einfach, sie zu überreden, sich von ihm fahren zu lassen. Obwohl sie den ganzen Abend gemeinsam verbracht hatten, war der Gedanke, sich für diese Nacht von ihr verabschieden zu müssen, fast unerträglich für ihn. Es konnte doch wohl nicht an dem einen Kuss liegen, den er immer noch zu spüren meinte? Oder an dem vertrauten Gefühl, als sie so selbstverständlich mit ihm über die Tanzfläche geschwebt war? Was auch immer es war, es machte ihm Angst. Und gleichzeitig war dieses Gefühl so stark, dass es einen Mut in ihm weckte, den er vorher nicht gekannt hatte. Dieser Mut hatte ihm all die Jahre gefehlt, die er damit verbracht hatte, sich vor tiefer werdenden Empfindungen zu schützen und von einer unverbindlichen Affäre in die nächste zu stürzen.

Schweigend fuhren sie durch die stillen, verschneiten Straßen des Städtchens. Nachdem er den Wagen vor dem *Plaudertäschchen* geparkt hatte, schaltete Niklas die Innenbeleuchtung an und wandte sich Laura zu. In ihre weiße Jacke gekuschelt, saß sie neben ihm und erwiderte ruhig seinen Blick. Während sie einander ansahen, schien die Stille im Auto zu knistern wie frisch gefallener Schnee.

»Ich bin zwar schrecklich müde, aber ich kann bestimmt trotzdem nicht einschlafen«, sagte Laura schließlich und fuhr nach kurzem Zögern fort: »Wollen wir zum Abschluss des Abends noch ein Glas Rotwein trinken? Oder einen Tee?«

»Gern!« Schwungvoll riss er die Autotür auf und trat beim Aussteigen mitten in eine Pfütze aus Schneematsch. Ohne sich um seine nassen Füße zu kümmern, eilte er um den Wagen herum, um Laura beim Aussteigen zu helfen. Der Gehweg auf der Beifahrerseite war zum Glück geräumt; als Laura jedoch nach einigen Metern hilflos vor einem Schneehaufen stand, hob er sie kurzerhand hoch. Mit ihr auf den Armen machte er einen großen Schritt über den kleinen Berg und ging der Einfachheit halber gleich bis zu ihrer Haustür weiter.

»Lass mich runter!«, protestierte sie und zappelte mit den Beinen, wodurch er sich jedoch nicht beeindrucken ließ.

»Keine Sorge. Ich trage dich nicht über die Schwelle.« Vor ihrer Tür stellte er sie sanft wieder auf die Füße.

Ohne ihn anzusehen, kramte sie in ihrem Abendtäschchen nach dem Schlüssel.

In der Diele schlüpfte sie aus ihrer Jacke, hängte sie an einen Garderobenhaken und zögerte. »Am besten gehen wir nach oben. Dann kann ich Floyd aus seiner Box lassen. Er kann inzwischen zwar schon erstaunlich gut allein bleiben, aber jetzt wird er sicher langsam ungeduldig. Ich hole nur schnell eine Flasche Rotwein.«

Während Laura zum Tresen ging, lehnte er in der Tür zum Café. Im Dämmerlicht, das die Dielenbeleuchtung in den Gastraum warf, sah er ihren Schatten dahingleiten und hörte das verführerische Rascheln ihres Kleides. Als sie mit der Flasche in der Hand zurückkam, stand er noch immer bewegungslos da und sah ihr entgegen.

Direkt vor ihm zögerte sie kurz und drängte sich dann an ihm vorbei durch die Türöffnung. Er wollte zurückweichen, doch es war zu spät: Sie steckten gemeinsam im Engpass des Türrahmens fest. Laura schnappte nach Luft und stieß durch die gespitzten Lippen den Atem aus, während sich ihre Brust in dem engen Mieder an seinem Hemd rieb.

Als er den Blick senkte, sah er das sanfte Licht der Wandlampen wie mit zärtlichen Fingern über ihren Brustansatz streichen. Gleichzeitig glitt ihr warmer Atem an seiner Kehle entlang.

Er wollte sie an sich ziehen und festhalten. Aber der Moment verstrich, und plötzlich stand Laura fünf Schritte von ihm entfernt mitten in der geräumigen

Diele. Sie hielt ihm die Rotweinflasche entgegen, sodass er das Etikett sehen konnte.

»Italienisch und sehr trocken. Magst du den?«

Er nickte, aber das hätte er in diesem Moment auch getan, wenn sie ihm Lambrusco aus dem Pappkarton angeboten hätte.

Aus der Wohnung über dem Café kam ein Geräusch, als würde ein Wolf in der Taiga den Mond anheulen.

»Floyd hat dich gehört. Er ruft nach dir«, stellte Niklas gerührt fest. Er konnte gut verstehen, warum der verstörte Hund sein Herz so schnell an Laura gehängt hatte.

Sie drückte ihm die Weinflasche in die Hand, hob ihren Rock an und eilte die Treppe hinauf. Als Niklas kurz nach ihr oben ankam, war sie bereits in einem der Zimmer verschwunden, und Floyds sehnsüchtiges Heulen war in lautstarkes Freudengebell übergegangen.

»Ist ja gut! Nicht so wild!« Lauras Lachen klang glücklich und befreit, wie er es während der vergangenen Wochen selten gehört hatte.

Er trat in die offene Tür des Wohnzimmers und lächelte bei dem Anblick, der sich ihm bot. Laura saß im Meer ihres blauen Kleides neben der geöffneten Hundebox auf dem Boden und hielt Floyd in den Armen, der eifrig versuchte, ihr Gesicht abzuschlecken. Die struppige Rute des kleinen Mischlings bewegte sich wie ein Propeller im Kreis. Vor lauter Entzücken, Laura wiederzusehen, war er vollkommen außer sich.

»Du warst so ein braver Hund. So brav!« Mit strahlendem Gesicht kraulte Laura ihn am Kopf.

Plötzlich schien ihr einzufallen, dass sie nicht allein war, und sie drehte sich in Richtung Tür.

»Machst du bitte schon mal die Flasche auf?« Sie deutete den Flur entlang. »Der Korkenzieher liegt in der Schublade direkt neben dem Herd. Ich will den Hund nur kurz in den Garten lassen.«

Als sie an ihm vorbeiging – Floyd auf ihren Fersen –, nahm er ihren zarten Duft wahr, der ihn den ganzen Abend umweht hatte. Es war eine Ahnung von Frühling mitten im Winter. Eine Weile blieb er bewegungslos im Zimmer stehen und lauschte dem Flüstern ihres Kleides, ihren Schritten auf der Treppe und ihrem fröhlichen Geplauder mit dem Hund.

Die bunten Vögel bemerkte er erst, als er sich umdrehte, um in die Küche zu gehen. Erstaunt schaute er sich um. Sie waren überall: auf dem Fensterbrett, im Bücherregal, auf dem Fernseher und auf den Lautsprechern der Stereoanlage. Laura musste Stunden damit zugebracht haben, die Vögel aus buntem Papier zu falten. Bei ihrem Anblick stieg ein seltsames Gefühl in Niklas auf. Warum schmückte sie mitten in der Weihnachtszeit die Wohnung frühlingshaft? Warum faltete sie keine Sterne, sondern Vögel mit Blüten auf den Flügeln? Widerstrebte es ihr so sehr, die Adventszeit im verschneiten Trillingen zu verbringen?

In der Küche bot sich ihm das gleiche Bild. Nur dass

hier zwischen den Papiervögeln einige Schmetterlinge saßen. Sehnte Laura sich so sehr fort? Wünschte sie sich Flügel und den Frühling, um endlich aus Trillingen verschwinden zu können?

*

Als Laura hinter Floyd, in dessen Fell von seinem kurzen Ausflug in den Garten noch Schneeklümpchen hingen, die Stufen hinaufstieg, hörte sie oben in der Wohnung Niklas' Schritte. Es war ein seltsames Gefühl, dass er dort auf sie wartete. Mit der Hand auf dem Geländer verharrte sie einen Moment bewegungslos und musste sich zusammennehmen, um nicht die Flucht zu ergreifen. Sie hatte Angst vor dem, was gerade mit ihr geschah. Vor ihren Gefühlen, die sie erneut verletzlich machten.

Floyd stand bereits oben an der Treppe und sah sich auffordernd nach ihr um. Dann tauchte Niklas neben ihm auf. »Kommst du? Ich habe den Wein schon eingeschenkt.«

In dem Moment, in dem sein Blick sie traf, schien in ihrem Inneren ein helles Licht anzugehen. Als hätte jemand ein Dutzend Kerzen entzündet, die ihr den Weg zeigten, die sie wärmten und den Schmerz der Vergangenheit im Schatten verschwinden ließen.

Sie atmete tief durch, und plötzlich liefen ihre Füße ganz von selbst die Stufen hinauf. Oben blieb sie stehen und ließ sich in seine Arme ziehen. Zum ersten Mal sank sie ohne jeden Vorbehalt an seine Brust, schloss die Augen, spürte seine Lippen auf ihrem Mund – und konnte es einfach zulassen und genießen. Sein Kuss war aufregend und leidenschaftlich und sanft und zärtlich. Als seine Hände über ihre nackten Arme strichen, durchlief sie eine heiße Welle.

»Komm«, flüsterte er dicht an ihrem Ohr, legte den Arm um ihre Schultern und führte sie in die Küche. Das Zimmer war nur von der Kerze auf dem Tisch erleuchtet. Daneben standen zwei mit Rotwein gefüllte Gläser.

Laura griff stumm nach einem Glas, hob den Kopf und sah Niklas in die Augen, die im Kerzenschein dunkel wie die Nacht waren. Mit einem zarten Klang trafen sich ihre Gläser.

»Danke für deine Hilfe bei der Organisation des Balls«, sagte er leise. »Es war eine wunderschöne Zeit und ein wunderschönes Fest.«

Sie nickte nur und nippte dann am Wein, der nach Sonne schmeckte und zartes Brombeeraroma in ihrem Mund hinterließ.

»Ich hätte nie geglaubt, dass wir so viel einnehmen würden. Allein wäre mir das nie gelungen.« Um seine Worte zu unterstreichen, machte Niklas eine weit ausholende Armbewegung. Laura sah im Kerzenlicht sein Glas funkeln und wollte hastig zur Seite treten. Es war jedoch zu spät, sie spürte bereits die Feuchtigkeit zwischen ihren Brüsten.

»Shit! Entschuldige! Das tut mir leid!«

»Ist nicht schlimm.« Sie griff nach einem Küchenhandtuch und tupfte damit das Mieder ihres Kleides ab, bevor sie energisch die Haut über dem Ausschnitt trocken rubbelte. Dabei stieg ein Lachen in ihrer Kehle auf, das sie zunächst noch zu unterdrücken versuchte. Erfolglos, wie sich gleich darauf herausstellte. Sie platzte laut heraus und musste sich wenig später an einer Stuhllehne festhalten, weil sie sich vor Lachen krümmte.

»Was hast du denn?«, erkundigte Niklas sich verwundert.

Sie richtete sich auf, strich sich die Haare aus der Stirn und wollte ihm den Grund für ihre Heiterkeit erklären. Als sie jedoch den Mund öffnete, prustete sie erneut los.

»Das Kleid …«, stieß sie schließlich glucksend hervor. »Das ist das zweite wunderschöne blaue Kleid, das du kurz vor Weihnachten verdirbst. Aber dieses hast du zum Glück selbst bezahlt. Deshalb verzeihe ich dir.«

»Oh«, machte er verblüfft. Dann begannen seine Mundwinkel zu zucken, und im nächsten Augenblick lachten sie im Duett.

»Du musst mir auf jeden Fall erlauben, dir ein neues Kleid zu kaufen. Aller guten Dinge sind drei«, gelang es Niklas schließlich hervorzubringen.

Wieder mussten sie so sehr lachen, dass sie sich hilflos aneinander festklammerten.

»Wahrscheinlich wirst du es ohnehin wieder ruinieren«, keuchte Laura.

Endlich beruhigten sie sich wieder, und Laura löste sich aus Niklas' Armen. Sofort sah sie, dass sie mit ihrem feuchten Mieder einen roten Fleck auf seinem Smokinghemd hinterlassen hatte. Spontan griff sie erneut nach dem Küchenhandtuch und bearbeitete den Fleck damit. Der wurde durch diese Behandlung kaum schwächer, aber dafür sehr viel größer.

Niklas fing ihre Hand in der Luft ein, zog ihr das Tuch zwischen den Fingern hervor und warf es ins Spülbecken. »Gib dir keine Mühe. Da ist nichts mehr zu retten.«

»Doch«, protestierte sie und begann eilig, die Knopfleiste seines Hemds zu öffnen. »Wenn wir den Fleck vorbehandeln und anschließend sofort auswaschen, könnte der Rotwein rausgehen. Vielleicht mit Salz …«

Er stand ganz ruhig da, während sie ihm ungeduldig die Smokingjacke von den Schultern schob, sie über einen Stuhl hängte, und ihm anschließend aus dem Hemd half. Erst als ihr Blick auf seinen nackten Oberkörper fiel, wurde ihr bewusst, was sie da tat. Hilfesuchend starrte sie ihm in die Augen und versuchte auszublenden, dass er außer seiner schwarzen Hose und den Schuhen nichts mehr trug.

»Ich …«, begann sie und biss sich auf die Unterlippe. »Das Salz …«

*

Die Sehnsucht und die Angst, die sich in ihren Augen spiegelten, während sie den Stoff seines Hemds zwischen ihren Händen zerknüllte und gleich darauf wieder glattstrich, berührten ihn tief in der Seele. Vor allem von der Angst, sich zu öffnen und schrecklich verletzt zu werden, las er in ihren Augen. Er kannte diese Angst. Sie hatte ihn all die Jahre sein Heil in unverbindlichen Affären suchen lassen. Bis er begriffen hatte, dass seine rastlose Suche nach dem Glück auf diese Weise niemals zu Ende gehen würde. Er musste ein Risiko eingehen, musste sich verletzlich machen, wenn er nicht sein Leben lang einsam bleiben wollte. Was nicht hieß, dass er keine Angst mehr hatte. Letztlich ging es nur darum, ob sein Mut und seine Sehnsucht die Angst besiegen konnten.

»Laura«, sagte er leise, streckte die Hände aus und strich sanft an ihren Armen auf und ab. »Meine Laura.«

In diesem Moment hatte er das Gefühl, seit vielen Jahren mit ihr verbunden zu sein. Auf eine merkwürdige Art waren sie das auch, denn seit jenem Tag im Advent existierte eine Verbindung zwischen ihnen.

Als sie seine Worte hörte, ließ sie das Hemd zu Boden fallen. »Ich bin nicht …«, flüsterte sie. »Wir sind nicht …«

»Aber wir könnten es werden«, erwiderte er mit gesenkter Stimme und zog sie an sich. Nur kurz machte sie sich in seinen Armen steif, dann ließ sie sich an seine nackte Brust sinken, und er spürte die Stickerei, mit der das Mieder ihres Kleids verziert war.

»Was könnten wir werden?« Als sie den Kopf hob und ihn aus nächster Nähe ansah, war das Meer ihrer Augen so tief und dunkel, wie er es noch nie gesehen hatte.

»Das Gegenteil von dem, was wir all die Jahre meinten zu sein.« Er hob sie hoch und trug sie aus der Küche. Der lange, weite Rock ihres Kleides fiel raschelnd über seine Arme. Das Knistern des Stoffs war außer Lauras Atemzügen und dem heftigen Pochen seines Herzschlags das Einzige, was er wahrnahm, während er sie den Flur entlang in ihr Schlafzimmer trug.

15. Kapitel

Laura erwachte von leisem Porzellangeklapper. Als sie das köstliche Aroma von frisch gekochtem Kaffee wahrnahm, kräuselte sie die Nase und atmete genüsslich ein. Sie drehte sich um, streckte sich – und erstarrte, als sie das zerwühlte Kopfkissen neben sich sah. Von einer Sekunde auf die andere war die Erinnerung an die vergangene Nacht wieder da.

Beim Gedanken an das, was sich zwischen Niklas und ihr abgespielt hatte, zog sie sich die Decke bis über die Nasenspitze hoch. Es war für sie vollkommen unerwartet geschehen und hatte sich doch seltsam richtig und vertraut angefühlt.

Als Niklas im Türrahmen auftauchte, hätte sie sich am liebsten ganz unter der Bettdecke versteckt, um in Ruhe darüber nachzudenken, wie sie ihm im hellen Tageslicht begegnen sollte. Da sie aber erwachsen war, stellte kindisches Verhalten keine Option dar. Also bedeckte sie nur sorgfältig ihre nackte Brust und richtete sich auf.

»Guten Morgen, meine Schöne. Nach der vergangenen Nacht bilde ich mir zwar ein, einiges über dich zu wissen, aber eine wichtige Information fehlt mir noch. Bis du ein Frühstück-im-Bett-Typ?« Lächelnd kam er näher, blieb neben dem Bett stehen und schaute abwartend auf sie herunter.

Er trug seine dunkle Smokinghose und darüber das Hemd mit dem Rotweinfleck. Seine Haare kringelten sich im Nacken und über den Ohren, auf seinen Wangen schimmerten bläuliche Bartschatten.

Obwohl ihr Mund trocken war, musste Laura schlucken. »Ich … lieber am Tisch«, stieß sie schnell hervor. Trotz der vergangenen Nacht erschien es ihr viel zu intim, mit Niklas im Bett zu frühstücken. Zumal sie nicht einmal ein Nachthemd trug.

»Vielleicht später mal«, sagte er leichthin, beugte sich über sie und gab ihr einen zarten Kuss auf die Lippen. »Dann warte ich in der Küche auf dich.«

Später mal. Mit gerunzelter Stirn dachte Laura über Niklas' Worte nach. Ging er davon aus, dass es für sie beide ein Später gab? Und war sie derselben Meinung wie er?

»Kommst du? Ich habe einen Riesenhunger.« Aus dem Türrahmen lächelte er ihr noch einmal zu und verschwand im Flur.

Hastig wickelte sie sich in die Decke und stieg aus dem Bett. »Bin gleich da«, rief sie hinter ihm her. So schnell es in ihrem Decken-Kokon ging, suchte sie eine Sweathose und ein T-Shirt zusammen. Mit den Sachen unter dem

Arm hüpfte sie, mehr als sie ging, ins Bad, veranstaltete eine Katzenwäsche, zog sich an und fuhr sich mit dem Kamm durch die zerzausten Haare. Schließlich riss sie entschlossen die Badezimmertür auf, trat hinaus auf den Flur – und bewegte sich im Schneckentempo in Richtung Küche. Zwar lockte sie der verführerische Kaffeeduft, aber sie hatte immer noch nicht die geringste Ahnung, wie sie sich Niklas gegenüber verhalten sollte.

Eines stand jedoch fest: Sie brauchte unbedingt eine Tasse starken, heißen Kaffee. Als sie in die offene Küchentür trat, saß Niklas am Tisch und las in der Zeitung von gestern. Neben seinen nackten Füßen lag Floyd und blinzelte nur kurz, als sie sich näherte.

Im gleichen Moment blickte Niklas von der Zeitung auf und sah sie lächelnd an. Sein Blick hieß sie willkommen, als würde er sich freuen, sie ungeschminkt und zerzaust zu sehen. Vielleicht war es wirklich so und konnte auch so bleiben. Als dieser Gedanke durch ihren Kopf schoss, war es plötzlich ganz leicht, die letzten Schritte zu tun, sich zu ihm an den Tisch zu setzen und ihm auffordernd ihre Tasse hinzuhalten.

»Ich brauche unbedingt Kaffee«, erklärte sie. »Sehr viel heißen, starken Kaffee.«

»Sollst du haben.« Während er ihre Tasse füllte, sah er sie unverwandt an. Als sie seinen Blick erwiderte, war es, als würde heiße, geschmolzene Schokolade sie warm und tröstlich durchlaufen.

Auf dem Tisch standen verschiedene Teller mit sorgfältig in Dreiecke geschnittenem, knusprigem Toast, Rührei, kross gebratener Schinkenspeck und Obst. Er hatte auch das Müsli und die Milch gefunden. Plötzlich knurrte ihr der Magen.

Sie wollte sich von dem Toast nehmen, doch Niklas griff über den Tisch und legte seine Hand über ihre. »Als ich vorhin ins Zimmer kam, hast du mich angesehen wie ein Reh auf der Flucht«, sagte er leise. »Lauf nicht vor mir weg, Laura.«

»Es ist alles so ungewohnt mit uns.« Nervös schob sie das Messer neben ihrem Teller ein kleines Stück nach oben und wieder nach unten.

Langsam schüttelte er den Kopf. »Was mich betrifft, ist mir längst klar, dass ich mich schon sehr lange nach dem gesehnt habe, was in der vergangenen Nacht passiert ist. Es war nicht nur Sex.«

Da sie nicht wusste, was sie darauf erwidern sollte, nahm sie einen großen Schluck von dem duftenden Kaffee. Anschließend häufte sie Rührei auf ihren Teller, legte etwas von dem knusprigen Speck daneben und griff hungrig nach ihrer Gabel.

Auch Niklas aß mit gutem Appetit. Zwischendurch lächelten sie einander immer wieder an. Sie redeten nicht viel, aber eigentlich war alles Wichtige bereits gesagt.

Als sie beide mit dem Essen fertig waren, stand Niklas auf und stieß einen bedauernden Seufzer aus. »Ich fürchte, ich muss im Hotel nach dem Rechten sehen.«

Laura warf einen Blick auf die Wanduhr und erhob

sich ebenfalls. »Kati und Jacqueline kommen in einer halben Stunde zum Dienst.«

Obwohl Kati wieder gesund war, hatte Laura entschieden, Jacqueline bis Weihnachten zu beschäftigen. Sie konnten ihre Hilfe gut gebrauchen, und der Umsatz warf das zusätzliche Gehalt ohne weiteres ab. Dieser Meinung war auch Marianne gewesen, als Laura sie telefonisch um Rat gefragt hatte.

»Ich bringe dich noch nach unten«, beschloss Laura, während sie zusah, wie Niklas seine Smokingjacke anzog und sie über dem Rotweinfleck zuknöpfte.

Wenn er in diesem Aufzug ins Hotel marschierte, würden seine Angestellten wissen, dass er die Nacht außer Haus verbracht hatte. Möglicherweise waren sie diesen Anblick ja auch gewohnt.

Wortlos nahm er ihre Hand und ging mit ihr zur Treppe. Floyd hüpfte fröhlich vor ihnen her und freute sich offensichtlich auf seinen Ausflug in den Garten. Langsam stiegen sie Stufe für Stufe hinab. Dabei hatte Laura das Gefühl, widerstrebend in ihren Alltag zurückzukehren.

»Sehen wir uns heute Abend?«, erkundigte sich Niklas, als sie fast unten angekommen waren.

»Gern.«

»Dann komme ich gegen acht.«

Sie nickte und dachte, dass es ein langer Tag werden würde, obwohl die Mittagszeit längst verstrichen war.

In der Diele zog Niklas sie fest in die Arme und suchte ihren Mund.

»Guten Morgen.«

Als sie Jacquelines Stimme neben sich hörte, fuhr Laura erschrocken zusammen und wollte sich hastig aus der Umarmung lösen. Doch Niklas hielt sie fest.

»Wir müssen uns nicht verstecken«, flüsterte er an ihrem Ohr.

»Guten Morgen, Jacqueline. Sie sind früh dran«, murmelte Laura und spähte über seine Schulter. Die Kellnerin stand neben dem geöffneten Wandschrank, in dem sie offenbar gerade ihre Jacke aufgehängt hatte.

»Hmhm«, machte Jacqueline und musterte mit zusammengekniffenen Augen das Paar am Fuß der Treppe.

Laura presste die Hände gegen Niklas' Brust und sah ihn streng an. Widerstrebend gab er sie frei.

»Dann also bis heute Abend«, verabschiedete er sich. »Ich freue mich.«

Laura nickte und wartete, bis die Haustür hinter ihm ins Schloss gefallen war, dann wandte sie sich Jacqueline zu, die die Szene aufmerksam beobachtet hatte.

»Sind Sie jetzt etwa doch mit Niklas Ehinger zusammen?«, erkundigte sich Jacqueline und zwirbelte mit den Fingern ihre mintgrüne Haarsträhne.

»So kann man das eigentlich nicht nennen. Wir kennen uns eben schon lange.« Nervös strich Laura sich die Haare aus der Stirn. Ihre Worte kamen ihr wie Verrat vor, aber andererseits traute sie dem, was zwischen Niklas und ihr geschehen war, längst noch nicht genug, um zu glauben, dass sie jetzt ein Paar waren.

»Dann hatten Sie also nur einen One-Night-Stand?« Misstrauisch runzelte Jacqueline die Stirn.

»Äh. Das geht Sie gar nichts an.« Mehr fiel Laura dazu nicht ein.

»Wär ja mal wieder typisch. Kaum taucht ein toller Mann auf, ist er auch schon wieder vom Markt.« Immer noch starrte Jacqueline prüfend in Lauras Gesicht.

Laura ersparte sich eine Antwort und flüchtete nach oben in die Wohnung, um wenigstens zu duschen, bevor das Café öffnete.

*

»Ein Cappuccino, ein Spezial-Kakao und drei Glühwein.« Schwungvoll stellte Laura ihr Serviertablett auf dem Tresen ab und lächelte Kati strahlend an. Das Café war fast bis auf den letzten Platz gefüllt, aber Laura war froh darüber, ständig in Bewegung zu sein. Auf diese Weise verging die Zeit bis zum Abend schneller, und sie kam nicht dazu, sich Gedanken darüber zu machen, wie es zwischen Niklas und ihr weitergehen sollte.

Neben ihr tauchte Jaqueline auf und stellte zwei leere Teller auf dem Tresen ab. »Die futtern heute wieder Kekse wie die Krümelmonster«, verkündete sie. »Ich brauche für zwei Tische Lebkuchen-Nachschub.«

Da Jaqueline so leise gesprochen hatte, dass auch die in der Nähe sitzenden Gäste sie wahrscheinlich nicht verstanden hatten, ließ Laura ihr die flapsige Bemerkung durchgehen. Selbst Kati schien sich an ihren Worten nicht zu stören. Lächelnd ließ sie ihren Blick zwischen Laura und Jaqueline hin und her wandern.

»Ich hätte nie gedacht, dass ihr zwei den Laden so gut im Griff habt. Zwar komme ich mir ein bisschen überflüssig vor, aber andererseits tut es mir gut, die Dinge ein wenig ruhiger angehen zu lassen. Vielleicht können wir Jacqueline überreden, den Job auch nach Weihnachten zu behalten. Sie hat mir erzählt, dass sie erst im Februar zurück nach Essen muss.« Sie sah hinter der jungen Frau mit den bunten Haaren her, die schon wieder durch den Raum eilte.

»Darüber muss meine Mutter entscheiden«, bremste Laura ihren Enthusiasmus. »Ich werde im Januar nicht mehr hier sein.«

»Wer weiß.« Bedächtig wiegte Kati den Kopf, während sie eine Cappuccino-Tasse aus dem Regal nahm. »Nach dem, was ich auf dem Ball gesehen habe … Niklas und du, ihr seid wie füreinander geschaffen. Es wäre zu schade, wenn das an der Entfernung scheitern würde.«

»Ich wohne in München, und Niklas wohnt hier, so ist das nun mal, und das wird sich so schnell auch nicht ändern«, erklärte Laura. Dabei fiel ihr Blick durchs Fenster hinaus auf die Straße. Obwohl es seit der vergangenen Nacht nicht geschneit hatte, leuchtete der Schnee in der beginnenden Abenddämmerung immer noch strahlend weiß. Ganz anders als in München, wo die vielen Autoreifen und die zahllosen Menschen frisch gefallenen Schnee innerhalb weniger Stunden in bräunlichen Matsch verwandelten.

Als sie die Gestalt erkannte, die sich mit zügigen Schritten dem Café näherte, wurde ihr Herzschlag schneller. Warum kam Niklas schon jetzt? Hielt er es vor Sehnsucht nicht mehr aus? Bei diesem Gedanken stieg warme Freude in ihr auf. Plötzlich war ihr egal, was Kati, Jacqueline oder die Gäste denken würden, wenn er sie womöglich gleich in aller Öffentlichkeit küsste.

Als er nur noch wenige Meter vom Eingang entfernt war, bemerkte sie den Blumenstrauß in seiner Hand. Sofort beschleunigte ihr Pulsschlag sich noch ein bisschen mehr.

Hektisch presste sie sich die Hände gegen die glühenden Wangen und eilte hinter dem Tresen hervor, um ihn im Vorraum zu begrüßen. Ein Dutzend roter Rosen musste er ihr ja nun doch nicht vor aller Augen überreichen. Wie sie die Einwohner ihres Heimatstädtchens kannte, würde man dann unweigerlich von einer bevorstehenden Hochzeit reden.

Neben der Garderobe lehnte sie sich gegen die Wand und bemühte sich, tief und gleichmäßig zu atmen. Nach ein oder zwei Minuten war sie tatsächlich ein wenig ruhiger. Sie beugte sich vor und spähte durch die Glastür nach draußen. Niklas war weit und breit nicht zu sehen. Hatte er sich in Luft aufgelöst?

Erstaunt öffnete sie die Tür und trat unter das Vordach. Von hier aus konnte sie in beide Richtungen die Straße entlangschauen. Als sie sich stadtauswärts wandte, sah sie Niklas in einigen Metern Entfernung. Er ging zügig in Richtung Bahnhof.

Von einer Sekunde auf die andere stieg in Laura die bittere Erkenntnis auf, wie entsetzlich falsch es gewesen war, erneut einem Mann zu vertrauen. Zwei Jahre hatte sie sich erfolgreich vor neuen Verletzungen geschützt – und musste jetzt ausgerechnet auf Niklas hereinfallen. Sie hätte es besser wissen sollen! Schließlich war er seit der Schulzeit in ganz Trillingen als Frauenheld bekannt. Solche Männer änderten sich nicht.

Hastig drehte sie sich um und kehrte ins Café zurück. Dabei sagte sie sich im wieder, dass fast nichts geschehen war – nur ein One-Night-Stand, noch dazu unter Alkoholeinfluss. Spätestens wenn sie wieder zu Hause in München war, würde sie nicht mehr daran denken.

*

Laura stand bewegungslos hinter dem Tresen und starrte die Wanduhr an, deren Zeiger sich unaufhaltsam auf zwanzig Uhr zubewegten. Der Gastraum war bereits leer, Laura hatte Kati schon vor einer halben Stunde nach Hause geschickt, und Jacqueline wischte noch leise vor sich hin summend die Tische ab.

»So, das war's für heute«, verkündete sie schließlich und warf ihren Lappen in den kleinen Eimer mit Seifenlauge. Dann setzte sie sich auf einen der Hocker am Tresen, zählte flink die Scheine aus ihrer schwarzen Geldtasche und baute anschließend aus den Münzen kleine Häufchen. Sie schien eine völlig andere Person zu sein als die unbeholfene und oft lustlose Jacqueline, die vor fast drei Wochen zum ersten Mal im *Plaudertäschchen* zur Arbeit erschienen war.

»Fast dreißig Euro Trinkgeld«, stellte sie erfreut fest, nachdem sie das Bargeld mit ihrer Tagesabrechnung verglichen hatte.

»Die Gäste mögen Sie«, lobte Laura sie müde.

Jacqueline sah sie prüfend an. »Ist irgendwas? Sie sehen so … traurig aus.«

»Nein, nein, alles in bester Ordnung.« Laura schüttelte heftig den Kopf. Sie hatte eine nette Nacht erlebt, ansonsten war alles wie gehabt. Nach kurzem Zögern fügte sie hinzu: »Sie hatten doch Interesse an Niklas Ehinger. Ist das immer noch so?«

»Natürlich.« Jacqueline löste die Schleife ihrer weißen Servierschürze. »Er sieht gut aus, ist superintelligent, meistens ziemlich charmant, und er hat ein Hotel. Also bitte! Warum Sie da nicht zugreifen, versteh ich nicht. Er steht nämlich auf Sie, das sehe ich. Aber mir kann es nur recht sein. Ich werde weiter versuchen, ihn rumzukriegen. Vielleicht verliebt er sich ja in mich, und wir heiraten.« Schwärmerisch sah sie hinauf zur Decke.

»Ist es nicht so, dass Niklas Ehinger sozusagen immer, äh, mehrere Eisen im Feuer hat? Stört Sie das nicht?« Angespannt sah Laura an Jacqueline vorbei zu Floyd hinüber, der wie jeden Abend zwischen den Tischen die Spuren des Tages erschnüffelte.

Jacqueline stopfte ihre Schürze in das dafür vorgesehene Fach unter dem Tresen und zog ihre Handtasche daraus hervor. »Ich hab mich ein bisschen in der Stadt umgehört. Die Leute erzählen sich dies und das über Niklas Ehingers Affären. Er fährt ziemlich oft nach Ulm. Manchmal bleibt er auch über Nacht da.« Über den Taschenspiegel hinweg, in dem sie ihr Make-up begutachtete, sah Jacqueline ihre Chefin aufmerksam an, als wollte sie sich keine Regung entgehen lassen. »Aber das könnte ich ihm schon abgewöhnen. Da habe ich so meine Tricks.«

»Dann viel Erfolg«, murmelte Laura.

»Vielen Dank!« Nachdem sie sich die Lippen frisch bemalt hatte, schob Jacqueline das Schminktäschchen zurück in ihre geräumige Schultertasche und ging zur Tür. »Dann bis morgen!«

»Bis morgen. Ich habe jedenfalls nicht das geringste Interesse an Niklas Ehinger. Den können Sie gern haben!«, rief Laura ihr hinterher, während sie die Espressotassen im Regal zurechtrückte.

Als sie sich wieder umdrehte, starrte sie direkt in Niklas' schokoladenfarbene Augen. Erschrocken zuckte sie zusammen. »Wo kommst du denn plötzlich her?«

Mit unbewegter Miene deutete er zur Tür. »Es ist acht Uhr. Wir waren verabredet.«

»Ich muss mit dir reden.« Sie drehte ihm wieder den

Rücken zu und schob die Tassen von links nach rechts und wieder zurück.

»Wieso hast du das eben zu Jacqueline gesagt?«, erkundigte Niklas sich mit gepresster Stimme.

Sie atmete tief durch, fuhr herum und stützte sich mit beiden Händen auf die Marmorfläche des Tresens. »Na gut. Warum soll ich lange darum herumreden?« Sie schnappte nach Luft und sprudelte dann hervor: »Ich habe mir überlegt, dass ich auf keinen Fall eine Beziehung möchte. Falls du das anders siehst, tut es mir leid. Aber ich kann das nicht. Unsere gemeinsame Nacht war schön, aber ich sehe darin nicht mehr als eine unverbindliche Affäre. Und deshalb …«

Weiter kam sie nicht, weil Niklas sie bei den Schultern packte und kurz schüttelte, als wollte er sie aus einem Albtraum wecken. »Unverbindliche Affäre? Bist du noch bei Sinnen? Glaubst du, eine unverbindliche Affäre fühlt sich so an?«

Sie trat zurück, sodass er sie über den Tresen hinweg nicht mehr erreichen konnte. Gleichzeitig nickte sie heftig. »Ja, so fühlt sich das für mich an. Leidenschaftlich aber … bedeutungslos.«

Obwohl es ihr schrecklich schwerfiel, sah sie ihm dabei geradeaus in die Augen, die in diesem Moment überhaupt nicht mehr an dunkle Schokolade erinnerten. Sie meinte, die Bitterkeit, die in seinem Blick lag, auf der Zunge zu schmecken.

»Bedeutungslos?«

»Musst du alles wiederholen, was ich sage?« Die Erinnerung daran, wie er mit seinem Rosenstrauß an ihrer Tür vorbei zum Bahnhof spaziert war, gab ihr die Kraft, ihn weiter starr anzusehen. Ein leises Stimmchen in ihrem Hinterkopf flüsterte ihr zu, dass sie ihn fragen musste, was die Sache mit den Blumen zu bedeuten hatte. Aber im Grunde war es egal, welche Frau er aus welchem Grund mit diesem Strauß beglückt hatte. Sie konnte ihm nicht vertrauen. Niklas noch weniger als irgendeinem anderen Mann. Und ohne Vertrauen hatten sie als Paar nicht die geringste Chance.

»Was ist denn nur los mit dir, Laura? Letzte Nacht war alles wunderschön, und noch heute Morgen dachte ich, wir hätten endlich einen Weg zueinander gefunden. Ich habe mir das schon die ganze Zeit gewünscht. Aber immer wenn ich dachte, wir hätten einen Schritt aufeinander zu gemacht, hast du wieder die Flucht ergriffen ...«

Laura wich seiner Hand aus, die er schon wieder nach ihr ausstreckte. »Ich werde schon bald nach München zurückkehren, in mein richtiges Leben. Dort gehöre ich hin. Und du lebst hier. Das ist doch wohl Grund genug.«

»Was hat das damit zu tun, dass wir uns ineinander verliebt haben?« Die Frage kam so leise über seine Lippen, dass sie ihn kaum verstand.

»Ich bin nicht in dich verliebt! Es war eine bedeutungslose Affäre, ich kann und will und werde dir niemals vertrauen. Dir nicht und wahrscheinlich auch keinem anderen Mann. Deshalb ist es besser, wenn wir uns ab sofort möglichst selten sehen.« Sie atmete tief durch.

Niklas stand regungslos auf der anderen Seite des Tresens und sah sie eine kleine Ewigkeit lang stumm an. Verzweifelt klammerte sie sich an die kühle Marmorkante vor sich und drängte die Tränen zurück, während sie seinem Blick standhielt. Warum ging er nicht endlich? Warum sah er sie so unendlich traurig und verletzt an? Schließlich gab es mindestens eine andere Frau, mit der er sich trösten konnte. Schon morgen würde er ihre gemeinsame Nacht vergessen haben.

»Sag mir Bescheid, wenn du dich doch noch entschließt, unsere Chance nicht wegzuwerfen. Ich warte auf dich.« Durch Niklas' Körper ging ein Ruck, dann wandte er sich der Tür zu.

»Für wen waren …«, stieß sie hervor und biss sich sofort auf die Zunge. Sie wollte gar nicht wissen, wem er nach ihrer gemeinsamen Nacht Rosen geschenkt hatte.

Sofort blieb Niklas stehen und drehte sich um. »Was hast du gesagt?«

»Nichts.« Sie schüttelte heftig den Kopf. Er sollte endlich gehen, damit sie weinen konnte. Weil es so schrecklich wehtat, ihn gehen zu lassen. Obwohl dieser Schmerz nicht halb so schlimm war, wie die Verletzungen, die er ihr wahrscheinlich zufügen würde, wenn sie jetzt nicht dafür sorgte, dass er aus ihrem Leben verschwand.

Als würde er spüren, dass soeben eine endgültige Entscheidung gefallen war, lief Floyd leise jaulend hinter Niklas her. Erst direkt vor der Tür blieb Niklas stehen und hockte sich hin, um den kleinen Hund zu streicheln.

»Mach's gut, Kumpel«, sagte er leise. »Offenbar kennst du ein Geheimnis, das ich nicht kenne.«

»Wenn ich zurück nach München fahre, bringe ich ihn wieder ins Tierheim«, erklärte Laura mit Tränen in den Augen. Warum sagte Niklas nicht wenigstens, dass er Floyd zu sich nehmen würde? Inzwischen vertrug er sich sicher mit Bingo.

Niklas reagierte jedoch nicht auf ihre Worte. Er kraulte Floyd ein letztes Mal die langen Ohren, dann richtete er sich auf und ging, ohne sich noch einmal umzudrehen. Der Hund starrte noch eine Weile die Tür an, bevor er sich mit einem tiefen Seufzer auf seine Decke neben dem Tresen legte.

*

»Ich habe sie mindestens schon drei Mal gefragt, ob sie den Weihnachtsabend bei uns verbringen will, Marianne. Aber sie sieht mich immer nur mit diesem entsetzlich traurigen Blick an, schüttelt den Kopf und erklärt, sie sei es gewohnt, am Heiligabend allein zu sein. Das sei das Beste für sie.«

Sonja klemmte sich das schnurlose Telefon zwischen Ohr und Schulter und zupfte an einem der wenigen Weihnachtsgestecke herum, die noch zum Verkauf in ihrem Laden standen. Ab morgen würde sie sie zum halben Preis anbieten.

»Ich dachte, es geht Laura besser! Und jetzt scheint es, als wäre durch die Zeit in Trillingen alles noch schlimmer geworden.« Marianne klang verzweifelt.

Mit Mühe unterdrückte Sonja einen Seufzer, um ihre Freundin nicht noch mehr zu beunruhigen. »Ich glaube, da ist was zwischen Laura und Niklas vorgefallen. Auf dem Ball wirkten sie sehr verliebt, und nun gehen sie sich krampfhaft aus dem Weg.«

»Nicht schon wieder eine Liebestragödie zu Weihnachten! Das arme Kind!«

»Vielleicht renkt sich ja alles wieder ein«, bemühte Sonja sich, Optimismus zu versprühen.

»Ich fürchte, daraus wird nichts. Laura hat schreckliche Angst, wieder verletzt zu werden. Wenn es ausgerechnet Niklas gelungen ist, die Mauer einzureißen, die sie um sich errichtet hat, genügt wahrscheinlich schon ein kleiner Fehler, und sie ist wieder in Abwehrhaltung.« Marianne machte eine kurze Pause. »Ich kann mit Urs keine fröhlichen Feiertage verleben, wenn mein armes Kind weinend allein zu Hause sitzt. Ich glaube, ich werde kommen.«

»Hör zu, wir haben hier alles im Griff. Du bleibst schön in der Schweiz und genießt deine Zeit mit Urs.« Sonja rückte eine kleine Tanne in einem roten Keramiktopf so zurecht, dass sie besser zur Geltung kam. »Wenn Laura tatsächlich dabei bleibt, dass sie nicht zu uns kommen will, gehe ich eben zu ihr. Ob mit oder ohne Ralf, weiß ich noch nicht. Ich verspreche dir, Laura wird den Weihnachtsabend nicht allein verbringen. Beruhigt dich das?«

»Da fällt mir aber ein Stein vom Herzen«, erklärte Marianne nach einer kleinen Pause. »Ich danke dir, Sonja.«

Nachdem die Freundinnen das Gespräch beendet und Sonja das Telefon zurück in die Station gestellt hatte, schloss sie die Ladentür ab und machte sich auf den Weg zum *Plaudertäschchen*. Ihre Hoffnung, dass sich Lauras Befinden in der Zwischenzeit gebessert hatte, war allerdings gering.

*

»Wir könnten Niklas Ehinger bitten, sich das mal anzusehen. Die Röhre muss wahrscheinlich nur festgedreht werden. Er erledigt in letzter Zeit für Marianne öfter kleine Reparaturen. Dafür springt sie bei ihm ein, wenn im Hotel im Service oder in der Küche Not am Mann ist.« Mit gerunzelter Stirn sah Kati hinauf zur Deckenbeleuchtung der Küche. Die alte Leuchtstoffröhre flackerte seit dem Vorabend auf eine Weise, die jede Leuchtreklame im Vergnügungsviertel einer Großstadt in den Schatten stellte.

»Ich brauche Niklas nicht! Nachher hole ich eine Leiter und sehe selber nach. Oder ich rufe einfach einen Elektriker«, brummelte Laura vor sich hin, ohne vom Verzieren der frisch gebackenen Lebkuchen aufzuschauen. Wie es ihr bei dieser Beleuchtung gelang, die

Mandeln auch nur ungefähr in die Mitte der Plätzchen zu drücken, war Kati schleierhaft.

»Wie du meinst.« Mit unnötig viel Lärm räumte Kati Geschirr in die Spülmaschine. Sie war längst noch nicht bereit, das Thema ruhen zu lassen. Bernhard und sie waren sich einig, dass Laura und Niklas ein wunderschönes Paar abgaben – und dass Laura es verdient hatte, nach langer Zeit der Traurigkeit endlich wieder glücklich zu sein. Wenn die beiden sich nun selbst im Weg standen, brauchten sie eben den einen oder anderen Schubs in die richtige Richtung.

»Niklas würde sich sicher freuen, wenn er dir helfen kann. Das lenkt ihn ein bisschen ab«, bemerkte Kati ganz nebenbei, während sie das Reinigungsmittel in die Spülmaschine gab. »Dieses Jahr ist die Zeit vor Weihnachten wahrscheinlich ein bisschen schwierig für ihn. Er muss sich zum ersten Mal ganz allein um das Hotel kümmern. Außerdem ist vergangenes Jahr kurz vor Weihnachten seine Großmutter gestorben. Sie lebte schon länger in einem Seniorenheim in Ulm, aber er hat sehr an ihr gehangen und sie jede Woche besucht. Ich habe ihn vor ein paar Tagen, an ihrem Todestag, mit einem Blumenstrauß zum Friedhof gehen sehen. Den wollte er sicher auf ihr Grab legen.«

Als es hinter ihr laut schepperte, fuhr Kati erschrocken herum. Laura hatte die Metallschüssel mit Zuckerguss fallen lassen, machte aber keine Anstalten, die klebrige Schweinerei vom Fußboden zu wischen. Sie stand einfach nur mit hängenden Armen da und starrte Kati an.

»Was ist denn, Kindchen?« Erschrocken griff Kati nach einem feuchten Tuch und eilte quer durch die Küche.

»Nichts«, flüsterte Laura, nahm Kati den Lappen aus der Hand und hockte sich hin, um das Malheur zu beseitigen.

»Du hast doch was!« Misstrauisch blickte Kati auf den Rücken der eifrig putzenden Laura hinab.

»Ich bin nicht gerade begeistert über die Sauerei, die ich angerichtet habe«, verkündete Laura, während sie immer wieder über dieselbe Stelle wischte, die längst sauber war.

»Das meine ich nicht.« Wenn sie sich etwas in den Kopf gesetzt hatte, gab Kati nicht so schnell auf.

»Jacqueline ist draußen schon die ganze Zeit allein. Willst du nicht mal nach dem Rechten sehen?« Endlich hob Laura den Kopf und sah Kati an. Auf ihren Wangenknochen leuchteten kreisrunde rote Flecke.

»Ich geh ja schon«, brummte Kati und verließ widerwillig die Küche.

Gerade hatte Kati zwei frei gewordene Tische abgeräumt und wollte das dreckige Geschirr in die Küche tragen, als Laura ihr entgegenkam.

»Ich habe was Dringendes zu erledigen«, erklärte sie seltsam atemlos. »Ihr kommt doch so lange ohne mich klar?«

»Natürlich. Wohin willst du denn so eilig?«, erkundigte Kati sich neugierig.

Obwohl Laura ihre Frage gehört haben musste, verschwand sie wortlos im Vorraum des Cafés.

16. Kapitel

Laura schlüpfte in ihre Daunenjacke und wickelte sich den Schal um den Hals, nahm sich aber nicht die Zeit, ihre Mütze und die Handschuhe anzuziehen. Als sie aus dem Haus trat, fielen in der einsetzenden Dämmerung die ersten Schneeflocken seit Tagen, und die Kälte traf sie wie eine Ohrfeige. So schnell sie konnte, lief sie in Richtung Stadtrand.

Das schmiedeeiserne Friedhofstor stand weit offen, und die Gräber links und rechts des Hauptwegs lagen unter einer dicken Schneedecke. Da Laura keine Ahnung hatte, wo Niklas' Großmutter begraben war, musste sie den Friedhof systematisch absuchen. Zum Glück konnte sie trotz des schwindenden Lichts die Inschriften auf den meisten Grabsteinen noch problemlos entziffern. Am Ende des Hauptwegs sah sie sich ratlos um. Wenn es ihr nicht gelang, sich bis zum Einbruch der Dunkelheit Gewissheit zu verschaffen, musste sie bis zum nächsten Morgen warten, und dieser Gedanke war fast unerträglich.

Als sie in der Nähe der südlichen Friedhofsmauer eine Gestalt im dunklen Mantel erspähte, lief sie zwischen den Gräbern auf den späten Friedhofsbesucher zu. Erst aus wenigen Metern Entfernung erkannte sie die alte Frau, die sich einen schwarzen Schal um den Kopf gewickelt hatte, sodass man ihre hellgrauen Löckchen nicht sah.

»Guten Abend, Frau Klein«, keuchte Laura und wich in letzter Sekunde einer Grabeinfassung aus. »Wissen Sie vielleicht, wo Frau Ehinger begraben ist, Niklas Ehingers Großmutter?«

»Da drüben. Es ist das Grab mit dem hohen Stein aus schwarzem Marmor.« Mit der Spitze ihres Fäustlings deutete die Frau auf eine nicht weit entfernt liegende Gräberreihe.

»Vielen Dank.« Laura wollte eilig weiterlaufen, doch Gerda Klein hielt sie mit erstaunlicher Kraft am Ärmel fest.

»Ich wollte dir noch sagen … Niklas und du, ihr wart das schönste Paar des Abends. Gut, dass ihr euch endlich gefunden habt.«

Nicht schon wieder! Laura stieß einen erstickten Laut aus und schüttelte heftig den Kopf.

»Halt das Glück fest, wenn du es findest, Laura«, fuhr sie in eindringlichem Ton fort. »Liebe ist wie ein Vogel. Wenn du sie nicht ganz vorsichtig in deinen Händen hältst, fliegt sie davon.«

»Ich weiß«, flüsterte Laura und spürte den ängstlichen

Schlag ihres Herzens. Seltsamerweise glaubte sie in diesem Moment, ihre Angst besiegen zu können.

»Entschuldigen Sie, aber ich muss schnell etwas nachsehen.« Mühsam verzog sie die Lippen zu einem zittrigen Lächeln. Dann ging sie langsam auf den schwarzen Grabstein mit der Mütze aus weißem Schnee zu, den Gerda Klein ihr gezeigt hatte.

»Ich wünsche dir viel Glück, mein Kind.« Der eisige Wind wehte Laura die Worte der alten Frau zu, als sie bereits vor dem Grab von Helene Ehinger stand. Mit Tränen in den Augen starrte sie auf den Rosenstrauß hinab, dessen rote Blüten nur noch undeutlich unter dem frisch gefallenen Schnee zu erkennen waren.

*

Während sie durch die stillen Straßen in Richtung Innenstadt lief, wiederholte Laura in Gedanken immer wieder die Worte, die Gerda Klein zu ihr gesagt hatte.

»Liebe ist wie ein Vogel«, flüsterte sie und fing im Schein einer Straßenlaterne mit ihrer eisigen Hand eine Schneeflocke ein.

Als sie die Fußgängerzone erreichte und bereits das Dach der *Alb-Rose* erkennen konnte, wurden ihre Schritte langsamer. Die letzten Meter bis zur gläsernen Eingangstür des Hotels legte sie fast im Schneckentempo zurück. Dann stand sie neben dem hohen, in Silber und Blau geschmückten Tannenbaum, schlang die Arme um den

Oberkörper und starrte in die leere Halle, die in warmes gelbes Licht getaucht war. Vor der hinteren Wand stand der Empfangstresen, auf dem in einem weihnachtlich geschmückten Windlicht eine Kerze brannte.

Jetzt öffnete sich die Tür zum Rezeptionsbüro, und Niklas trat in die Halle. Mit ernstem Gesicht beugte er sich an der Rezeption über irgendwelche Schriftstücke.

Laura machte einen Schritt auf die Tür zu, streckte den Arm aus, um sie aufzustoßen, und hielt im letzten Moment inne. Sie wusste genau, was sie Niklas sagen wollte: dass es nicht sein Fehler gewesen war und sie sich allein wegen ihres mangelnden Vertrauens so dumm verhalten hatte. Dass es nicht an ihm lag, wenn es ihr so schwerfiel, ihm zu vertrauen, sondern an ihrer Unfähigkeit, nach vorne zu sehen und zu vergessen. Dass sie alles besser machen wollte …

Als hätte er ihren Blick gespürt, hob Niklas plötzlich den Kopf. Erschrocken trat Laura in den Schatten der großen Tanne. Erst als ein oder zwei Minuten vergangen waren, ohne dass er in der Tür erschien, entspannte sie sich ein wenig. Offenbar hatte er sie nicht gesehen. Dennoch blieb die Frage, warum sie sich überhaupt vor ihm versteckte.

In ihrem Kopf kreisten wild die Gedanken. Es stimmte, dass Niklas ihr keinen Grund geliefert hatte, ihm zu misstrauen. Er hatte alles richtig gemacht. Und dennoch war sie beim ersten vagen Verdacht, er könnte sie hintergehen, zurückgeschreckt wie ein Reh vor der Flinte eines

Jägers. Würde sie dann nicht auch in Zukunft hinter jeder noch so harmlosen Handlung, die sie nicht sofort einordnen konnte, Betrug vermuten?

Es hat keinen Sinn, dachte sie, während sie im eisigen Wind anfing zu zittern. Ich würde ihm nur wehtun, und mir selbst auch.

»Laura?«

Als sie ganz in der Nähe Niklas' Stimme hörte, presste sie sich die Hand vor den Mund, um nicht gegen ihren Willen zu antworten. Er hatte sie offenbar doch gesehen und stand nun in der Glastür zur Halle.

»Laura?«

Sie biss sich so heftig auf die Unterlippe, dass sie gleich darauf Blut schmeckte. Als sie plötzlich eine leichte Berührung an ihrem Stiefel spürte, fuhr sie zusammen und schaute erschrocken nach unten.

Bingo schaute sie mit seinen großen braunen Augen fragend an und wedelte dabei freundlich mit dem Schwanz. Als Laura heftig den Kopf schüttelte und versuchte ihn mit eindeutigen Armbewegungen wegzuscheuchen, rührte er sich nicht von der Stelle, sondern sah sich ihr seltsames Gebaren interessiert an.

»Bingo?«, rief Niklas jetzt, und sie konnte hören, dass er ein paar Schritte ins Freie machte, um nach seinem Hund Ausschau zu halten. Wenn er sich noch ein bisschen weiter vorwärtsbewegte, würde er sie sehen. Laura drängte sich enger an die Zweige, obwohl die Nadeln sie empfindlich gegen die Wange piksten.

Als Niklas ein zweites Mal nach ihm rief, wandte Bingo sich endlich von ihr ab und verschwand in Richtung Gebäude. Gleich darauf hörte Laura, wie sich die Glastür zur Halle schloss. Sie wartete noch kurz, dann machte sie sich auf den Weg zurück zum *Plaudertäschchen*. Unterwegs sagte sie sich immer wieder, dass sie richtig gehandelt hatte. Seltsam nur, dass es trotzdem so wehtat.

*

Niklas kehrte nachdenklich zum Empfangstresen zurück, während Bingo unruhig um ihn herumlief. Ganz kurz hatte Niklas gemeint, Laura vor dem Hotel stehen zu sehen. Litt er inzwischen schon unter Wahnvorstellungen? Was war schon zwischen Laura und ihm geschehen? Ein paar Küsse und eine leidenschaftliche Nacht – alles in allem eine kurze Affäre. Etwas, das ein Mann genoss und schnell wieder vergaß, so wie er es viele Jahre gehalten hatte. Warum wünschte er sich jetzt plötzlich mehr? Warum sah er Bilder von gemeinsamen Abenden am Kamin, von langen Spaziergängen im Schnee und vertrauten Gesprächen vor sich, wenn er an Laura dachte? Woher kam plötzlich diese Sehnsucht, die hinter seinem Brustbein brannte, als hätte ihn dort ein brennender Pfeil getroffen?

Als er sich wieder über die Unterlagen beugte, konnte er sich trotz aller Entschlossenheit kaum auf die Zahlen konzentrieren. Immer wieder hob er den Kopf und sah hinüber zur Tür. Durch das blank geputzte Glas leuchteten jedoch nur die elektrischen Lichter des Tannenbaums zu ihm herein.

*

»Wenn du am Heiligabend nicht zu uns kommen willst, kommen Bernhard und ich eben zu dir«, erklärte Kati energisch. »Es kommt nicht infrage, dass du Weihnachten allein dasitzt!«

»Ich bin nicht allein.« Laura deutete auf Floyd, der in der Nische neben dem Tresen schlief.

»Ein Hund gilt nicht.« Kati funkelte Laura entschlossen an.

»Ein Hund hält immer zu dir, was man von vielen Menschen nicht behaupten kann.« Um zu zeigen, dass die Diskussion für sie beendet war, begann Laura, den Kaffeeautomaten zu polieren.

»Hör auf, an der armen Maschine herumzuputzen! Wenn du so weitermachst, bekommt das Ding irgendwann ein Loch.«

Entnervt warf Laura ihr Tuch ins Spülbecken und griff nach dem Origamipapier, das sie seit einigen Tagen stets griffbereit neben den gespülten Tassen liegen hatte. Offenbar um ihre Hände zu beschäftigen, wenn sie einmal gar nichts zu tun fand.

Kati lehnte am Tresen und sah zu, wie unter Lauras flinken Fingern ein Vogel mit ausgebreiteten Flügeln entstand, den sie anschließend auf die Kante des Flaschenregals setzte.

»Das passt nicht«, stellte Kati nicht zum ersten Mal streng fest. Sie hatte schon zahlreiche bunte Vögel heimlich verschwinden lassen. »Es ist bald Weihnachten. Die Gäste wollen Sterne, Kerzen und Tannenzapfen sehen.«

Gleichgültig zuckte Laura mit den Schultern. »Ich freue mich eben nicht auf Weihnachten, sondern auf den Frühling. Das ist jedes Mal ein bisschen so, als würde das Leben neu beginnen. Als könnte man von vorn anfangen.«

Kati unterdrückte einen Seufzer. Das Kind war wirklich ein schwieriger Fall. Sie beschloss, es noch einmal anders zu versuchen. »Ich nehme an, Niklas verbringt den Heiligabend auch allein. Schließlich sind seine Eltern immer noch auf Reisen.« Kati bemühte sich, es möglichst beiläufig klingen zu lassen.

Laura antwortete nicht und faltete schon wieder an einem bunt bedruckten Papier herum.

»Vielleicht ist es ja so was wie ein Zeichen, dass ihr beide Weihnachten allein seid. Ihr könntet euch zusammentun.«

Ein leichtes Zusammenzucken war Lauras einzige Reaktion auf Katis Worte. Schweigend vollendete sie einen weiteren Papiervogel und setzte ihn ebenfalls ins Flaschenregal.

»Niklas ist allerdings kein ganz so schwieriger Fall wie du. Immerhin richtet er für die sozial benachteiligten

Kinder im Ulmer Freizeitzentrum immer am vierten Advent eine große Feier mit Geschenken und Süßigkeiten aus.«

Laura hob ruckartig den Kopf. »Niklas kümmert sich um benachteiligte Kinder in Ulm? Fährt er deshalb so oft in die Stadt?«

»Wusstest du das nicht? Er kümmert sich das ganze Jahr über um die Kinder.« Kati war hocherfreut, dass Laura sich plötzlich doch für das interessierte, was sie über Niklas zu erzählen hatte.

»Nein. Ich habe mich nur gewundert, dass Jacqueline erzählte, die Leute würden tratschen, weil er so oft … Aber das spielt sowieso keine Rolle mehr.«

Kati nahm ihre weiße Servierschürze ab und faltete sie sorgfältig zusammen. »Jedenfalls werden Bernhard und ich am Heiligabend zu dir kommen, wenn du nicht zu uns kommst«, beendete sie das Gespräch.

»Sonja hat mich auch eingeladen«, erklärte Laura und platzierte einen Vogel auf dem Kaffeeautomaten.

»Gehst du hin?« Kati, die schon auf dem Weg zur Tür war, drehte sich noch einmal um.

Als Antwort bekam sie nur ein vages Schulterzucken.

»Wusste ich's doch!« Kopfschüttelnd machte Kati sich auf den Heimweg. Trotz ihrer Sorgen um Laura freute sie sich auf zu Hause, denn dort wartete Bernhard auf sie. Sie sahen sich fast jeden Tag – entweder in ihrem kleinen Haus oder in seiner Wohnung. Es war wunderschön, nach Feierabend noch gemeinsam eine Tasse Tee zu trinken und anschließend zusammen schlafen zu gehen. Manchmal fragte sich Kati, wie sie die einsamen Jahre überstanden hatte. Aber schließlich hatte sie nicht gewusst, was sie vermisste. Mit Hartmut hatte sie nie Tee getrunken, und beim Einschlafen hatten sie einander meistens den Rücken zugekehrt.

*

Am Heiligabend hatte das *Plaudertäschchen* ausnahmsweise vormittags schon geöffnet. Zu Lauras Erstaunen fanden sich tatsächlich einige Gäste ein – wahrscheinlich um für einige Minuten dem Trubel zu Hause zu entgehen.

Da klar gewesen war, dass die Anzahl der Gäste überschaubar sein würde, hatte sie Jacqueline und Kati freigegeben. Auf diese Weise ersparte sie sich Katis unablässiges Drängen, den Weihnachtsabend mit ihr und Bernhard zu verbringen.

Nachdem die letzten Gäste gegangen waren, schloss Laura sorgfältig die Haustür ab, was aber auch nicht helfen würde, Sonja und Kati fernzuhalten. Sie war sich nicht sicher, ob Sonja einen Schlüssel für Notfälle hatte, Kati besaß auf jeden Fall einen.

Anschließend ging sie mit Floyd nach oben in die Wohnung. Sie hatte für sich eine Fertigpizza und für den Hund ein sündhaft teures Futter besorgt.

Nachdem sie am Küchentisch die Pizza verspeist und dabei zugesehen hatte, wie Floyd sein Futter verschlang und anschließend immer wieder den ohnehin schon blitzblanken Napf ausleckte, ging sie hinüber ins Wohnzimmer. Dort vergewisserte sie sich, dass die Außenjalousien dicht geschlossen waren, sodass kein Lichtschimmer nach draußen drang. Dann schaltete sie den Fernseher ein. Es liefen allerdings nur Filme, in denen es um glücklich unter dem Tannenbaum versammelte Familien oder um Liebespaare ging, die selbstverständlich nach etlichen Irrungen und Wirrungen vereint sein würden – vorzugsweise ebenfalls unter dem Tannenbaum.

»Wie unrealistisch!«, schimpfte sie vor sich hin, griff nach der Fernbedienung und schaltete das Gerät wieder aus.

Nachdem sie lustlos ein paar Lebkuchen gegessen hatte, griff sie nach einem Buch.

Floyd schien mit ihrem Abendprogramm nicht einverstanden zu sein. Er lief unruhig im Zimmer umher, kam immer wieder zu ihr, stellte sich mit den Vorderpfoten auf das Sofa und starrte sie an.

»Wir gehen später spazieren«, erklärte sie ihm streng. »Wenn die Leute sich alle um ihre Tannenbäume versammeln und wir die Straßen für uns haben.«

Leise winselnd legte der Hund sich zu ihren Füßen hin, sprang aber sofort wieder auf und bellte laut, als im Flur die Haustürglocke anschlug.

»Aus!«, befahl Laura ihm im Flüsterton, aber er dachte nicht daran zu gehorchen. Mit sich steigerndem Gebell lief er immer wieder zur Wohnzimmertür und zurück.

»Schluss jetzt! Hör auf damit!«

Der Hund regte sich jedoch nur noch mehr auf, ganz besonders, als es ein zweites Mal läutete.

Schließlich gab Laura ihre Versuche auf, Floyd zur Ruhe zu bringen, und saß einfach ruhig da. Irgendwann würde Sonja oder Kati, oder wer auch immer dort draußen stand, schon aufgeben.

Tatsächlich klingelte es kein drittes Mal. Was jedoch nicht hieß, dass Floyd sich beruhigte. Unablässig lief er zwischen Laura und der Tür hin und her, kratzte am Türrahmen, winselte, legte sich für wenige Sekunden auf den Boden und begann das Spiel wieder von vorn.

Laura versuchte krampfhaft, den aufgeregten Hund zu ignorieren. Angesichts der Unruhe, die er im Zimmer verbreitete, war das jedoch äußerst schwierig.

»Ruhig jetzt!«, schrie sie ihn schließlich wütend an.

Er stutzte, blieb einen Moment mitten im Zimmer stehen und nahm dann winselnd sein Treiben wieder auf.

»Da ist keiner mehr«, teilte Laura ihm entnervt mit. »Man muss Weihnachten nicht in Rudeln verbringen. Und auch nicht im Liebestaumel. Man muss überhaupt nichts Besonderes machen. Eine Pizza und ein paar Lebkuchen reichen. Und du hast auch etwas extra Leckeres bekommen. Was willst du also noch?«

Floyd hatte aufmerksam ihre Rede verfolgt, schien ihren Worten aber keine Bedeutung beizumessen, denn sobald sie schwieg, begann er wieder zu winseln und hin und her zu rennen.

Ein paar Minuten hielt Laura noch durch, dann sprang sie vom Sofa hoch, eilte zur Tür und riss sie auf. »Schluss jetzt! Wenn du es hier nicht aushältst, kannst du in den Garten gehen. Komm!«

Sie stürmte die Treppe hinunter, und Floyd folgte ihr schwanzwedelnd. Als sie jedoch anstelle der Haustür die Hintertür ansteuerte, blieb er zurück.

»Raus mit dir!«, herrschte sie ihn an und öffnete die Tür zu dem verschneiten kleinen Garten hinter dem Haus.

Floyd stand bewegungslos mitten in der Diele und dachte nicht daran, ihrer Aufforderung nachzukommen. Stattdessen sah er unverwandt zur Haustür.

»Jetzt reicht es aber! Du nicht auch noch! Du hast nicht zu bestimmen, wie und mit wem ich den Heiligabend verbringe!« Wütend packte Laura den Hund beim Halsband und zerrte ihn zur offenen Hintertür, durch die eisige Kälte ins Haus strömte. Mit einem Ruck zog sie ihn über die Schwelle und warf hinter ihm die Tür ins Schloss.

Sofort hörte sie ihn von draußen winseln und auf dem Fußabtreter scharren. »Du bleibst erst mal draußen und beruhigst dich«, teilte sie ihm durch die geschlossene Tür mit.

Dann lehnte sie sich mit vor der Brust verschränkten Armen gegen die Wand und wartete. Überraschend schnell wurde es auf der anderen Seite der Tür still. Wahrscheinlich hatte Floyd nicht widerstehen können und tobte wie üblich im Schnee herum.

Nachdem sie etwa fünf Minuten gewartet hatte, öffnete sie erneut die Tür zum Garten. »Floyd! Komm rein!«

Sonst war er immer innerhalb kürzester Zeit da, doch heute ließ er sich Zeit. Vielleicht war er beleidigt, dass sie ihn so unsanft vor die Tür gesetzt hatte. Sie ließ den Blick über die verschneite Rasenfläche zu der Buschreihe am Ende des Gartens schweifen. Eigentlich hätte sie das schwarz-weiße Fell im Mondlicht sehen müssen.

»Floyd«, wiederholte sie ihren Ruf. »Komm jetzt. Es ist kalt.«

Wieder wartete sie, und wieder geschah nichts. Das war noch nie vorgekommen. Konnte ein Hund tatsächlich die beleidigte Leberwurst spielen?

Seufzend nahm sie ihre Jacke vom Garderobenhaken und holte ihre Stiefel aus dem Wandschrank. Nachdem sie sich angezogen hatte, stapfte sie quer über den schneebedeckten Rasen, um unter den Büschen nach Floyd zu suchen.

Noch bevor sie die Grundstücksgrenze erreicht hatte, blieb sie erschrocken stehen: Die kleine Pforte im Zaun stand offen, und die Spuren der Hundepfoten führten direkt darauf zu.

Mit wenigen Schritten erreichte sie das Holztörchen, trat hindurch und sah in beiden Richtungen den Weg entlang. Hier waren die Fußspuren so zahlreich, dass sie nicht erkennen konnte, ob der Hund tatsächlich durch die Pforte gelaufen war.

»Floyd?«, rief sie erneut und hatte plötzlich das sichere Gefühl, dass er nicht kommen würde.

»Es tut mir leid, Floyd«, flüsterte sie vor sich hin. »Es war nicht deine Schuld. Ich hätte nicht so böse werden dürfen.«

Nachdem sie sicherheitshalber unter sämtliche Büsche im Garten geschaut hatte, kehrte sie ins Haus zurück, holte Mütze, Schal und Handschuhe und machte sich auf die Suche. Sie musste den kleinen Hund so schnell wie möglich finden, denn die Nacht war eiskalt, und sie hatte Angst, dass er erfror, wenn er sich irgendwo im Freien zum Schlafen niederlegte.

Aber wo sollte sie ihn suchen? Ziellos lief sie durch die menschenleeren Straßen. Obwohl sie starr geradeaus schaute, sah sie aus dem Augenwinkel hinter vielen Fenstern geschmückte Tannenbäume glitzern, um die sich fröhliche Menschen versammelt hatten.

Immer wieder rief sie Floyds Namen, doch er blieb verschwunden. Sie erspähte ihn auch in keiner der Seitenstraßen und keinem der Gärten, an denen sie vorbeikam.

Mit jeder Minute, die verstrich, wurde ihre Verzweiflung größer. Wenn Floyd heute Nacht erfror, war das ganz allein ihre Schuld. Sie hatte sein Vertrauen missbraucht, das er ihr trotz seiner traurigen Vergangenheit geschenkt hatte. Nur weil sie selber nicht vertrauen konnte, hatte sie den kleinen Hund weggestoßen.

Floyd hatte ihr gezeigt, wie man auch nach einer

schweren Enttäuschung wieder glücklich werden konnte. Er hatte ihr eine Chance gegeben und nicht von vornherein angenommen, sie sei wie die anderen Menschen, die ihn verletzt und im Stich gelassen hatten. Er war klüger und mutiger gewesen als sie, und nun musste er glauben, dass er wieder verlassen worden war.

Mit Tränen in den Augen lief sie in Richtung Fußgängerzone. Ihr fiel nur eine Möglichkeit ein, Floyd möglichst schnell zu finden, und es spielte keine Rolle, dass sie dafür ihren Stolz hinunterschlucken musste.

17. Kapitel

Niklas saß in der geräumigen Wohnung über dem Hotel und starrte auf den laufenden Fernseher, ohne wahrzunehmen, welches Programm lief. Dies war der erste Weihnachtsabend in seinem Leben, den er allein verbrachte. Immer wieder sagte er sich, dass es besser war, allein zu sein, als sich mit oberflächlichen Gesprächen und bedeutungslosem Sex abzulenken. Obwohl er sich vorgenommen hatte, nicht mehr daran zu denken, kehrte die Erinnerung an die Nacht mit Laura sofort zu ihm zurück, wenn er einen kurzen Moment nicht auf der Hut war. Wieder spürte er die Nähe und die Vertrautheit, die zwischen ihnen gewesen war, die Leidenschaft und jenes warme, fast schmerzliche Gefühl, das seit jener Nacht jedes Mal in ihm aufstieg, wenn er Laura sah. War er etwa ernsthaft in sie verliebt? Warum sonst wollte er an diesem einsamen Heiligabend nur sie an seiner Seite haben?

Es gab keine andere Erklärung dafür, dass er über seinen Schatten gesprungen und kurz nach Einbruch der Dunkelheit mit Bingo durch die Straßen spaziert war, um an ihrer

Tür zu läuten. Schließlich hatte sie ihn vor ein paar Tagen mit unmissverständlichen Worten weggeschickt. Doch aus irgendeinem Grund konnte er nicht glauben, dass sie ihre harten Bemerkungen ernst gemeint hatte.

Schließlich hatte er sie in jener unvergesslichen Nacht in den Armen gehalten, hatte ihr in die Augen geschaut, hatte gehört, was sie ihm in den Momenten zugeflüstert hatte, in denen die Leidenschaft sie beide überwältigte. War das alles ein Irrtum gewesen? Eine Lüge? Offenbar, denn sie hatte ihm nicht geöffnet, obwohl er Floyd gehört hatte. Sehr wahrscheinlich war also auch Laura zu Hause. Und er war sicher, dass sie wusste, wer vor ihrer Tür stand, was hätte sie sonst für einen Grund haben sollen, nicht zu öffnen?

»Verdammt«, murmelte er vor sich hin. »Wusste ich doch, dass es nichts als Kummer bringt, sich mit Haut und Haaren und Kopf und Herz auf eine Frau einzulassen. Noch dazu auf eine, die noch mehr Angst vor festen Bindungen hat als ich. Ich muss sie mir aus dem Kopf schlagen!«

Mit einem Seufzer stand er auf und holte sein Smartphone von der niedrigen Anrichte. Darin waren die Nummern seiner Freunde abgespeichert. Und die von Frauen, die sich, im Gegensatz zu Laura, erfahrungsgemäß immer über seinen Anruf freuten. Viele von ihnen, weil sie sich Hoffnungen auf mehr machten, obwohl er ihnen gleich zu Beginn gesagt hatte, dass er für eine Beziehung nicht zur Verfügung stand. Seit Monaten hatte er sich bei keiner von ihnen gemeldet. Immer wieder hatte er festgestellt, dass nach den unverbindlichen Treffen stets ein schaler Geschmack zurückblieb, der im Laufe der Jahre immer bitterer wurde.

Dennoch … Auch wenn tiefe Gefühle fehlten, war man zu zweit nun mal nicht allein. Und diese Frauen konnten ihn nicht so verletzen, wie Laura es mühelos mit ein paar Worten schaffte. Weil er sie in sein Herz gelassen hatte. Was wahrscheinlich eine der größten Dummheiten seines Lebens gewesen war.

Er wischte mit den Fingerspitzen über das Display des Telefons und las mit gerunzelter Stirn die Namen im Adressbuch. Sandra? Diane? Marie?

Sie alle würden ihm wahrscheinlich mit Freuden über die Einsamkeit dieser Nacht hinweghelfen. Und über das schmerzliche Gefühl, das sich in seiner Brust ausbreitete, wenn er an Laura dachte.

»Dann also Diane«, murmelte er vor sich hin. Die hübsche Blondine lebte allein. Ihre Eltern waren vor Jahren gestorben, und sie würde den Weihnachtsabend wahrscheinlich mit einer Flasche Wein verbringen.

Im selben Augenblick, in dem er auf das Anrufsymbol tippte, schlug die Türklingel an. Verwundert ließ er das Smartphone sinken. Es läutete erneut. Da hatte es jemand eilig. Dicht gefolgt von Bingo lief er auf seinen dicken Socken die Treppe zur Haustür an der Rückseite des Hotelgebäudes hinunter.

Als er öffnete, stand Laura vor ihm. Ein freudiger

Schreck durchzuckte ihn, doch er befahl sich sofort, sich keine Hoffnung zu machen. Schließlich hatte sie ihre Einstellung zu ihm mehr als deutlich gemacht.

»Ja?«, fragte Niklas vorsichtig, als Laura nach einer gefühlten Ewigkeit immer noch stumm dastand und ihn anstarrte. Ihre Augen wirkten unter der weichen Wollmütze, die sie sich tief in die Stirn gezogen hatte, riesig. In ihnen stand die nackte Angst.

»Ich brauche deine Hilfe«, flüsterte sie so leise, dass er sie kaum verstand. Obwohl sie warm angezogen war, zitterte sie.

»Was ist denn passiert?« Ihr Zustand jagte ihm einen ganz schönen Schrecken ein.

»Es geht um Floyd – er ist weggelaufen. Und ich weiß nicht, wie ich ihn finden soll. Es ist so schrecklich kalt. Nicht dass er erfriert!« Plötzlich kullerten Tränen über ihre Wangen. Sie ließ sie einfach laufen und schaute ihn weiter bittend an.

Als er sie so sah, waren die guten Vorsätze, die er vor ein paar Minuten getroffen hatte, sofort vergessen. Er wollte sich nicht mehr vor Verletzungen durch die Liebe schützen, sondern einfach nur seine Arme um Laura legen und sie trösten. Aber er wusste nicht, ob sie ihm das erlauben würde. Er wusste nicht, wie er es verkraften würde, wenn sie ihn wieder mit harten Worten in die Schranken wies. Deshalb nahm er zunächst einmal ein Päckchen Papiertaschentücher aus der Tasche seiner Jeans und hielt es ihr hin.

»Danke«, wisperte sie, zog eines der Tücher heraus und wischte sich damit ziellos im Gesicht herum. Dann richtete sie ihren Blick auf Bingo, der heftig mit dem Schwanz wedelte, als sie ihn ansah. »Ich dachte – vielleicht findet Bingo ihn.« Sie sah Niklas flehend an.

»Bestimmt. Mach dir keine Sorgen.« Er strich ihr kurz über den wattierten Ärmel ihres Anoraks und zog die Hand hastig wieder zurück.

»Du hilfst mir also?« Aus ihrem Augenwinkel löste sich erneut eine Träne, die sie sofort mit dem Taschentuch wegwischte.

»Natürlich.«

Sie streckte die Hand vor, als wollte sie ihn berühren, hielt dann jedoch inne und tat so, als würde sie sich eine Träne wegwischen. »Tut mir leid, was ich zu dir gesagt habe. Ich meine, dass ich will, dass wir uns aus dem Weg gehen. Eigentlich will ich das nicht. Aber ich hatte Angst. Ich *habe* Angst. Ich will nie wieder so verletzt werden wie von Sven. Das verstehst du doch, oder?«

Er nickte und verschränkte die Finger miteinander, um sie nicht zu berühren. Wenn er das tat, würden alle Dämme brechen, und er würde in seinen Gefühlen untergehen. Vorher gab es aber noch einiges zu klären. Und sie mussten Floyd finden.

»Ich habe mindestens so viel Angst wie du«, gab er schnell zu, bevor er es sich anders überlegte und sich wieder hinter seiner coolen Fassade versteckte, worin er ja äußerst geübt war. »Es hat seinen Grund, dass ich mich all die Jahre nie auf eine ernsthafte Beziehung eingelassen habe. Das Problem ist nur: Wenn wir nie ein Risiko eingehen, und es niemanden gibt, dessen Verlust uns furchtbar schmerzen könnte und der uns vielleicht verletzen wird, sind wir schrecklich allein. Und das will ich nicht mehr sein.«

»Ich glaube, ich auch nicht«, flüsterte Laura und legte sich schützend die Arme um den Oberkörper.

Er zögerte, doch wieder schien es noch nicht der richtige Moment zu sein, sie in die Arme zu nehmen. Vielleicht war er auch einfach immer noch zu feige. Auf seine einladende Geste hin trat sie in den Flur und sah ihm dabei zu, wie er in seinen Anorak schlüpfte, sich den Schal um den Hals wickelte und anschließend seine Stiefel anzog. Ihr Blick machte ihn nervös, aber er ließ sich nichts anmerken.

Kurz darauf standen sie nebeneinander in der eisigen Kälte des Weihnachtsabends. Die Luft war so klar, dass sich die kleinen Lichter des Tannenbaums vor dem Hoteleingang als scharf umrissene Punkte in der Dunkelheit abzeichneten.

Nachdenklich sah er sich in der menschenleeren Fußgängerzone um. »Der Weg vom *Plaudertäschchen* zum Stadtrand ist Floyd besonders vertraut, weil du dort immer mit ihm spazieren gegangen bist«, überlegte er laut. »Ich vermute mal, dass er sehr wahrscheinlich dorthin gelaufen ist.«

»Ja. Aber da draußen ist es besonders kalt.« Sie warf

ihm einen so verzweifelten Blick zu, dass er sich wieder beherrschen musste, sie nicht tröstend in die Arme zu nehmen.

»Am besten gehen wir zu Fuß zum Stadtrand, dann sehen wir ihn vielleicht, falls er doch in den Straßen unterwegs ist. Mach dir keine zu großen Sorgen. So schnell erfrieren Hunde nicht, und wenn Floyd auf dein Rufen nicht reagiert, findet Bingo ihn sicher ganz schnell.«

»Sie werden sich doch nichts tun, wenn sie sich plötzlich gegenüberstehen?« Ängstlich sah sie ihn von der Seite an, während sie neben ihm durch die Fußgängerzone ging.

»Das glaube ich nicht. Floyd hat sich während der kurzen Zeit mit dir sehr verändert. Er hat gelernt, dir zu vertrauen. Also wird er ruhig bleiben, wenn er sieht, dass du in Bingos Nähe gelassen bist.«

»Aber ich habe sein Vertrauen zerstört und alles wieder kaputt gemacht«, stieß Laura mit gepresster Stimme hervor. »Dabei war er viel klüger als ich. Er hat mir gezeigt, dass man neu anfangen kann. Und ich war so dumm. Ich habe nichts verstanden.«

Niklas spürte, wie sich in seiner Brust ein warmes Gefühl ausbreitete. Er versuchte, sich auf die Aufgabe zu konzentrieren, den verschwundenen Floyd zu finden. Das war allerdings leichter gesagt als getan, während er sich gleichzeitig doch so sehr wünschte, dass Laura und er eine weitere Chance bekamen und es auch schafften, sie zu nutzen.

Als Laura leise anfing zu reden, sah er sie von der Seite an. Im Licht der Weihnachtsbeleuchtung in den Straßen war ihr Profil wunderschön: die gerade Stirn, die dichten, gebogenen Wimpern, die Nase mit dem winzigen Aufwärtsschwung, die glänzenden Lippen. Als er daran dachte, wie es gewesen war, sie zu küssen, schnürte es ihm vor Sehnsucht die Kehle zu.

»Ich bin wütend geworden, weil Floyd wollte, dass ich die Tür öffne, als es geklingelt hat. Er konnte sich gar nicht beruhigen. Dabei wollte ich Sonja oder Kati oder wer da draußen stand, einfach nicht sehen. Ich war einfach zu traurig«, erzählte sie mit stockender Stimme und sah dabei auf den Boden. »Er bellte und bellte, und deshalb habe ich ihn in den Garten gescheucht und die Tür zugemacht. Er dachte sicher, ich will ihn nicht mehr, und ist deshalb weggelaufen.«

Wieder liefen ihr Tränen über die Wangen, und dieses Mal nahm Niklas sie ohne darüber nachzudenken in die Arme und drückte sie fest an sich. Er konnte einfach nicht anders. Ihre Traurigkeit tat ihm fast körperlich weh.

»Ich war es, der bei dir geklingelt hat«, flüsterte er, als würde er ihr ein gut gehütetes Geheimnis verraten.

»Oh.« Sie hob kurz den Kopf von seiner Schulter, um ihm ins Gesicht zu sehen, und schmiegte ihre Wange dann wieder an seinen Anorak. Eine Weile stand sie ganz still da, dann befreite sie sich sanft aus seiner Umarmung. »Lass uns weitergehen. Wir müssen ihn so bald wie möglich finden.«

Nach einer Weile blieb sie stehen. »Wenn ich geahnt hätte, dass du es bist, hätte ich vielleicht aufgemacht«, sagte sie leise, ohne ihn anzusehen.

Er wusste nicht, was er erwidern sollte, und strich ihr nur sachte über den Arm. Dann gingen sie stumm weiter.

Als sie den Stadtrand erreichten, blieb Niklas stehen. »Hast du etwas bei dir, das nach Floyd riecht – ein Spielzeug vielleicht? Damit Bingo weiß, wonach er suchen soll.«

Sie zog eine kleine blaue Stoffmaus aus der Jackentasche. »Damit üben wir immer das Apportieren.«

Niklas hielt Bingo das Hundespielzeug vor die Nase. »Such«, befahl er und deutete auf das stille weiße Feld, über dem ein fast voller Mond stand. Der kleine Hund schnüffelte und stürmte los. Schon nach wenigen Metern erkannte Laura ihn nur noch als vagen Schatten.

»Ich schlage vor, wir gehen den Hauptweg entlang«, fuhr Niklas ruhig fort. »Wahrscheinlich hat Floyd am Waldrand oder im Gebüsch Schutz gesucht. Entweder kommt er von allein zu uns, wenn wir ihn rufen, oder Bingo stöbert ihn auf.«

Laura nickte und räusperte sich. »Floyd«, rief sie mit zittriger Stimme.

Wieder blieb sie stehen und hielt Niklas am Ärmel fest. »Was glaubst du, wie lange er bei dieser Kälte draußen überleben kann?« Suchend ließ sie ihren Blick über die einsame weiße Fläche schweifen.

»Mach dir keine Gedanken. Wir finden ihn«, wiederholte Niklas geduldig.

»Ich mache mir aber Gedanken«, schrie sie trotzig in den Wind und stolperte auf dem verschneiten Feldweg weiter.

Reflexartig griff Niklas nach ihrem Arm und zwang sie zum Stehenbleiben. Er holte ein frisches Papiertaschentuch hervor und tupfte ihr die Tränen weg.

»Wein doch nicht«, flüsterte er dabei. »Alles wird gut.«

»Nichts wird gut«, schluchzte sie. »Es wird nie wieder gut, nicht mal, wenn wir Floyd finden.«

»Oh doch!« Niklas zog seinen Handschuh aus und strich ihr mit den Fingerspitzen zärtlich über die Wange. »Wenn ein Hund wie Floyd nach wirklich schlimmen Erlebnissen in der Lage war, Vertrauen zu dir zu fassen, gelingt ihm das auch ein zweites Mal. Schließlich hast du nichts weiter getan, als ihn hinaus in den Garten geschickt.«

»Glaubst du?« Sie hob das Gesicht, und im Mondlicht sah er Hoffnung in ihren Augen.

Er nickte energisch. »Und wir können es auch! Du bist schrecklich enttäuscht worden, und ich bin mein Leben lang vor der Gefahr davongelaufen, verletzt zu werden, wenn ich mich jemandem öffne. Aber wir können von vorn anfangen und endlich damit aufhören, die Liebe aus unseren Herzen zu verbannen.«

Sie starrte ihm in die Augen. »Du meinst, wir könnten

es schaffen? Ausgerechnet wir beide? Obwohl wir so was wie Feinde waren?«

»Gerade deswegen«, erklärte er entschieden, zog sie an sich und küsste sie lange und zärtlich auf den Mund.

*

Es war wunderbar tröstlich, Niklas' Mund auf ihrem zu spüren. Solange sie ihn so fühlte, war es leicht zu glauben, dass alles gut werden konnte. Als sie die Berührung an ihrem Knie spürte, dachte sie zunächst, es sei Niklas' Bein. Doch dann hörte sie ein leises Winseln, löste ihre Lippen aus dem zärtlichen Kuss und sah nach unten.

»Floyd!«, schrie sie, hockte sich in den Schnee und nahm den kleinen Hund, der sich heimlich und gar nicht leise in ihr Herz geschlichen hatte, fest in die Arme. Sein Fell war voller Eisklümpchen, doch er schien gesund zu sein und nahm die Gelegenheit wahr, ihr quer über das Gesicht zu lecken.

»Es tut mir so schrecklich leid, Floyd«, entschuldigte sie sich bei ihm. Floyd antwortete ihr mit einem fröhlichen Bellen. »Ich war dumm und ungerecht und …« Sie wusste nicht weiter und vergrub ihr Gesicht im feuchten Fell des Mischlings.

Bingo tauchte ebenfalls auf und sprang begeistert um sie herum. Offenbar sah er sich als Held des Abends, obwohl Floyd von ganz allein zu Laura zurückgekehrt war.

»Du bekommst ein großes Festmahl von mir, Bingo«,

versprach Laura ihm, nachdem sie vorsichtshalber die Leine an Floyds Halsband befestigt hatte. »Und du natürlich auch, Floyd.«

»Lass uns nach Hause gehen.« Mit einer selbstverständlichen Geste griff Niklas nach ihrer Hand, und sie schob ihre Finger zwischen seine.

Plötzlich fühlte sich alles ganz einfach an, und der Weg in die Zukunft lag so offen vor ihr wie das verschneite Feld. Warum hatte sie so lange gebraucht zu begreifen, dass es nur eine Möglichkeit gab, glücklich zu werden: Man musste das Risiko eingehen. Anders ging es nicht. Denn Liebe birgt nicht nur die Gefahr, verletzt zu werden – nur wer es wagt zu lieben, wird mit der Möglichkeit belohnt, glücklich zu sein.

Lächelnd ging sie neben Niklas durch den Schnee, an ihrer anderen Seite trottete Floyd dahin und vor ihnen lief der sichtlich stolze Bingo in Richtung Stadt.

*

»Sie auch hier?« Ein Tannengesteck mit dicker roter Kerze vor sich herbalancierend kam Kati auf die Tür des *Plaudertäschchens zu.* Dicht hinter ihr ging Bernhard Riege, der einen Henkelkorb trug, aus dem der Hals einer Rotweinflasche lugte.

Mit einem Lächeln wandte sich Sonja, die kurz zuvor eingetroffen war, dem Paar zu. »Wie nett, dass Sie auch nach Laura sehen wollen!«

»Niemand sollte am Heiligabend allein sein!«, stellte Kati energisch fest. »Stimmt's, Bernhard?«

Der alte Mann nickte zustimmend und sah Kati mit einem Blick an, in dem viel Zuneigung lag. Sonja schaute rasch weg, weil es ihr vorkam, als würde sie einen intimen Moment zwischen den beiden Liebenden stören.

»Allerdings will Laura unbedingt allein sein«, gab Sonja zu bedenken. Sie war sich nicht ganz sicher, ob sie sich ihrer Patentochter tatsächlich mit Gewalt aufdrängen sollte.

»Sie verkriecht sich schon viel zu lange vor dem Leben und vor anderen Menschen, seit sie die Erfahrung gemacht hat, dass Liebe die Gefahr mit sich bringt, verletzt zu werden.« Entschlossen drückte Kati auf den Klingelknopf.

»Man braucht Mut zur Liebe«, stellte Bernhard schlicht fest und strich Kati zärtlich über die Schulter.

»Ich habe es schon probiert. Sie öffnet nicht.« Sonja legte den Kopf in den Nacken und sah hinauf zu den dunklen Fenstern der Wohnung. »Vielleicht ist sie gar nicht da. Sie könnte zu Niklas gegangen sein.«

»Glauben Sie das wirklich?« Kati sah sie fragend an.

Langsam schüttelte Sonja den Kopf. »Marianne hat mir für Notfälle einen Schlüssel gegeben. Aber ich weiß nicht, ob ich ihn benutzen soll.«

»Ich habe auch einen. Und ich *werde* ihn benutzen.« Kati schob die Hand in die Manteltasche und zog ein Schlüsselbund hervor.

In diesem Augenblick hielt ein Wagen vor dem Haus. »Marianne!« Mehr brachte Sonja vor Erstaunen nicht heraus, als ihre Freundin aus dem Wagen stieg und auf sie zukam.

»Ich habe den Gedanken nicht ausgehalten, dass meine Tochter am Weihnachtsabend allein und unglücklich ist!«

Fest legte Marianne ihre Arme um Sonja und anschließend um Kati. Da sie gerade dabei war, umarmte sie nach kurzem Zögern auch Bernhard. »Danke, dass ihr gekommen seid.«

»Laura öffnet nicht«, erklärte Sonja ihrer Freundin.

Marianne wühlte noch in ihrer Handtasche nach dem Schlüssel, als plötzlich laut kläffend ein hellbrauner Spaniel auftauchte und um die kleine Gruppe herumsprang, die sich vor der Tür des *Plaudertäschchens* versammelt hatte.

»Das ist Niklas' Hund«, stellte Sonja verwundert fest.

Alle Anwesenden drehten sich um und sahen in die Richtung, aus der der Spaniel gekommen war. Vom Stadtrand her spazierten Laura und Niklas Hand in Hand auf sie zu. Neben ihnen lief schwanzwedelnd Floyd an der Leine.

Erstaunt blickten Marianne, Sonja, Kati und Bernhard dem Paar entgegen. Als die beiden die Gruppe erreichten, sah Sonja das Strahlen im Gesicht ihrer Patentochter.

»Ich glaube, wir haben uns umsonst Sorgen gemacht«,

stellte sie erleichtert fest. »Laura sitzt jedenfalls *nicht* da oben in der Wohnung und weint!«

»Nein«, bestätigte Laura. »Ich habe endlich kapiert, dass weglaufen keinen Sinn macht.«

Lachend legte Niklas den Arm um Lauras Schultern. »Zwei Feiglinge sind am Heiligabend mutig geworden.«

»Ich freue mich so für euch!«, sagten Sonja und Marianne wie aus einem Mund, und Kati und Bernhard nickten zustimmend.

Laura drückte Niklas die Hundeleine in die Hand und stürzte sich in die Arme ihrer Mutter. »Wo kommst du denn so plötzlich her? Ich dachte, du willst Weihnachten bei deinem Freund verbringen. Oder soll ich sagen bei deinem Verlobten?« Prüfend sah sie Marianne im Licht der Außenbeleuchtung an.

»Fändest du es immer noch so schlimm, wenn ich mich in der romantischen Adventszeit mit Urs verlobt hätte?« Marianne erwiderte den fragenden Blick ihrer Tochter.

Entschieden schüttelte Laura den Kopf und drückte ihrer Mutter einen Kuss auf die Wange. »Herzlichen Glückwunsch, Mama.«

»Danke, mein Kind. Allerdings haben Urs und ich andere Pläne. Wir lieben uns und möchten zusammenbleiben, aber wir wollen beide unser Leben und unsere Heimat nicht aufgeben. Also werden wir uns so oft wie möglich gegenseitig besuchen und die gemeinsame Zeit umso mehr genießen, wenn wir nicht immer zusammen sein können.

Ich liebe Urs, aber mein *Plaudertäschchen* liebe ich auch, und ich bin froh, dass ich es behalten kann. Und Urs hat mit so viel Mühe sein Architekturbüro aufgebaut, dass er es auch nicht einfach aufgeben möchte.«

»Und nun hast du ihn zu Weihnachten allein gelassen? Etwa meinetwegen?«, erkundigte sich Laura mit gerunzelter Stirn und griff nach Niklas' Hand.

Marianne nickte. »Urs hat mich hergeschickt, als ich ihm erzählt habe, dass ich mir Sorgen um dich mache. Da ich nun sehe, dass du nicht in Tränen aufgelöst bist, werde ich morgen dann aber doch zurück in die Schweiz fahren.«

Nachdem Laura ihre Mutter mit Floyd bekannt gemacht hatte, schloss Marianne endlich die Tür auf, trat zur Seite und forderte mit einer energischen Armbewegung alle Anwesenden zum Eintreten auf. »Wir machen Glühwein«, kündigte sie mit glänzenden Augen an. »Und ich muss unbedingt die Lebkuchen probieren, die Laura gebacken hat. Lasst uns zusammen Weihnachten feiern!«

»Ich rufe Ralf an und sage ihm, dass er kommen soll.« Sonja zog ihr Handy hervor, während Kati in die Küche eilte und Marianne mit Bernhards Hilfe vor dem Fenster zwei Tische zusammenschob und ein Dutzend Kerzen darauf verteilte.

Als Sonja das Telefongespräch mit ihrem Mann beendet hatte, wehte ihr aus der Küche bereits der verführerische Duft von Nelken, Zimt, Orangenschalen und Rotwein entgegen.

In der Nähe der Tür standen eng aneinandergelehnt

Laura und Niklas und sahen mit glücklichen Gesichtern dem Treiben im Café zu. Zu ihren Füßen saßen aufmerksam die beiden Hunde.

»Meine Mutter will eine Fernbeziehung führen«, hörte Sonja ihre Patentochter erstaunt feststellen. »Wenn Urs und sie glauben, dass sie auf diese Weise glücklich sein können, finde ich die Idee gut.«

Als sie Niklas' Blick auffing, atmete sie tief durch und fuhr fort: »Was mich betrifft – ich fand Fernbeziehungen noch nie wirklich gut. München war all die Jahre okay, aber mein wahres Zuhause ist hier, das habe ich jetzt endlich begriffen. Hier, wo fast jeder mich kennt, wo ich Floyd behalten kann und … wo du bist.«

Als Sonja den zärtlichen Blick sah, den Laura dem Mann an ihrer Seite zuwarf, wurde ihr noch wärmer ums Herz.

»Erfahre ich dann endlich das Geheimrezept für deine wunderbare heiße Schokolade?«, erkundigte Niklas sich mit funkelnden Augen.

Laura schien angestrengt nachzudenken. Dann brachte sie die Lippen ganz dicht an sein Ohr und flüsterte ihm etwas zu.

»Aha. Interessant. Ich danke dir.«

Nach kurzem Schweigen fuhr er fort: »Könntest du dir dann auch vorstellen, mit mir zusammen die *Alb-Rose* zu führen?«

Dieses Mal musste Laura nicht lange überlegen, sondern nickte sofort.

»Willkommen zu Hause«, flüsterte Niklas und zog sie in seine Arme.

Der Kuss, den sie tauschten, war kurz, aber innig. Dann löste Laura sich aus der Umarmung und tastete in ihrer Manteltasche nach dem Smartphone. »Ich habe Sarah versprochen, sie am Heiligabend anzurufen. Und da sie jetzt wieder meine allerbeste Freundin ist, muss sie auch als Erste von uns erfahren. Was hältst du davon, wenn wir sie vielleicht im Frühjahr gemeinsam in Rom besuchen?«

»Das wäre toll!« Niklas strahlte sie an und sah zu, wie sie die Verbindung mit Sarah herstellte.

Lächelnd schloss Sonja die Tür zum Vorraum.

Im Café herrschte fröhliche Geschäftigkeit. Jemand hatte die Kerzen angezündet und die elektrische Beleuchtung gelöscht. Auf den zusammengeschobenen Tischen standen bereits mehrere Teller mit Lebkuchen und Mohntalern, und Kati trug soeben zur Freude aller ein großes Tablett herbei, auf dem der Glühwein aus großen Teegläsern dampfte.

Sonja setzte sich auf den Stuhl neben Marianne und legte ihr den Arm um die Schultern. »Schön, dass wir auch dieses Jahr zusammen Weihnachten feiern können. Bist du glücklich?«

Marianne nickte und sah Sonja mit leuchtenden Augen an. »Urs ist der Mann, auf den ich so viele Jahre gewartet habe. Er versteht mich, und ich verstehe ihn.«

»Und deine Tochter hat auch endlich ihr Glück gefunden.«

Mariannes Blick wanderte zur geschlossenen Tür, hinter der sie Laura und Niklas wusste. »Ja. Darüber bin ich vielleicht noch glücklicher als über Urs. Und das will schon etwas heißen.«

Lächelnd lehnte Sonja sich auf ihrem Stuhl zurück und griff nach einem Mohntaler. Während sie hineinbiss, schaute sie durchs Fenster und bemerkte, dass in diesem Moment der Wagen ihres Mannes vor dem Haus hielt. Ihr Herz machte einen kleinen Sprung. Nach all den Jahren freute sie sich immer noch so sehr, ihn zu sehen. Im Stillen dankte sie dem Schicksal, das Ralf und sie zusammengeführt hatte.

»Auf einen glücklichen Weihnachtsabend!« Bernhard Riege hob sein Glühweinglas und stieß mit Kati an, die über das ganze Gesicht strahlte.

»Fröhliche Weihnachten«, rief Ralf, der in diesem Moment zur Tür hereinkam. Hinter ihm betraten Laura und Niklas Hand in Hand den Raum.

»Fröhliche Weihnachten!«, kam es vielstimmig zurück.

ENDE

Nachwort und Danksagung

Ein herzliches Dankeschön den lieben Menschen in meinem Leben, die sich bereits im Sommer geduldig meine Gedanken zur Weihnachtsgeschichte aus Trillingen angehört haben, außerdem meiner Lektorin Bettina Steinhage für Tipps und Rezeptideen und den unerschrockenen Testessern und -trinkern, die die unterschiedlichsten Varianten von Glühweinen, heißer Schokolade und Lebkuchen probiert und bewertet haben, allen voran meine Mutter und Ramona. Mein besonderer Dank geht an Michael für das »Schokoladen-Geheimnis«.

In diesem Roman finden nicht nur Männer und Frauen nach einigen Umwegen in der Weihnachtszeit ihr Glück, auch ein heimatloser, gequälter Hund fasst wieder Vertrauen zu den Menschen.

Den Hund Floyd hat es wirklich gegeben. Er wurde verletzt und verwahrlost von der Polizei aufgegriffen und in ein Tierheim in der Nähe von Hannover gebracht. Weil er ein niedliches Tier war, adoptierten ihn kurz hintereinander zwei Familien, lieferten ihn jedoch jeweils nach wenigen Tagen wieder im Tierheim ab. Sein unbekanntes Schicksal hatte ihn ängstlich und misstrauisch gemacht, und wenn er sich gar nicht zu helfen wusste, schnappte er sogar zu.

Im Herbst 2000 besuchte ich mit meiner Familie das Tierheim, um einige Monate nach dem Tod unseres geliebten Familienhundes Benji einen neuen vierbeinigen Gefährten zu adoptieren. Mein Sohn Vincent verliebte sich sofort in den struppigen Terriermischling Floyd, der auf den ersten Blick so lustig aussah. Wenn man ihm jedoch in die Augen schaute, erkannte man das Leid, das er durchgemacht hatte. Im Tierheim wurde uns gesagt, dies sei Floyds letzte Chance. Wenn ein weiterer Vermittlungsversuch scheitere, werde er als unvermittelbar eingestuft.

Floyd war tatsächlich ein schwieriger Hund, der von Menschen nur Schlechtes erwartete und manchmal in Situationen in Panik geriet, in denen wir gar nicht erkannten, was ihm solche Angst machte.

Es kostete viel Zeit, Geduld und Liebe, bis der schwarzweiße Terriermischling Vertrauen zu uns fasste. Selbst nach Jahren kamen bei ihm in manchen Momenten wieder die schlechten Erfahrungen hoch. Am größten war seine Angst davor, verlassen zu werden. Wenn ein Familienmitglied verreiste, trauerte Floyd bis zu seiner Rückkehr, und dass nach acht Jahren Zusammenleben sein geliebtes Herrchen Vincent auszog, um in einer anderen Stadt zu studieren, hat Floyd nie wirklich verwunden.

Ostern 2013 starb Floyd nach einem langen Leben, das hoffentlich trotz seiner schwierigen ersten Lebensjahre, über die wir nur Vermutungen anstellen können, meistens glücklich war. Wir denken noch heute oft an den Hund mit dem traurigen Herzen, der wohl sein Leben lang die Angst nicht verlor, doch wieder enttäuscht und verlassen zu werden.

Die Geschichte zwischen Laura und Floyd gibt die Entwicklung des traumatisierten Hundes sehr verkürzt wieder. In Wirklichkeit war der Weg länger und steiniger. Gelohnt hat es sich auf jeden Fall, einem heimatlosen, gequälten Tier ein liebevolles Zuhause zu schenken.

Ira Severin, Dezember 2014

Rezepte

Weiche Lebkuchen

(So lieben sie die Gäste im *Plaudertäschchen)*

Zutaten:
300 g Mehl
2 Eier
50 g weiche Butter
200 g Honig
200 g brauner Zucker
200 g gemahlene Haselnüsse
ca. 20 g Zitronat
ca. 20 g Orangeat
1 Teelöffel Kakaopulver
1 Messerspitze Nelke
1 Messerspitze Kardamom
20 g Lebkuchengewürz
5 g Hirschhornsalz
1,5 Esslöffel geschmacksneutrales Öl
50 ml starker Kaffee (abgekühlt)

ca. 50 Oblaten (Durchmesser 50 mm)
100 g Zartbitter-Kuvertüre

In der Küchenmaschine, mit den Knethaken des Handrührgeräts oder mit den Händen alle Zutaten bis auf Oblaten und Kuvertüre vermischen und gut durcharbeiten. Die Masse sollte so fest sein, dass sie sich zu Häufchen formen lässt. Ist sie zu flüssig, mehr Mehl zugeben.

Nun die Oblaten auf einem mit Backpapier belegten Blech verteilen, jeweils einen gut gehäuften Teelöffel Lebkuchenmasse in die Mitte einer Oblate setzen und etwas glattstreichen. Da der Teig beim Backen verläuft, verteilt er sich noch etwas zum Rand hin. Achtung: Nimmt man zu viel Teig, laufen die Plätzchen ineinander.

Im vorgeheizten Ofen bei 200 Grad ca. 10–15 Minuten backen, bis sich die Oberfläche der Plätzchen fest anfühlt.

Auskühlen lassen.

Die Kuvertüre nach Packungsanleitung schmelzen und die Lebkuchen damit bestreichen.

Da diese Lebkuchen nach dem Backen nicht hart sind, müssen sie nicht gelagert werden. Sie sind zum raschen Verzehr bestimmt.

Juttas Mohntaler

(Neu im *Plaudertäschchen* und schon sehr beliebt)

Zutaten:
300 g Mehl
150 g weiche Butter
130 g Zucker
4 Esslöffel saure Sahne
40 g gemahlener Mohn
1 Prise Salz

4 Esslöffel ungemahlener Mohn

Aus allen Zutaten bis auf den ungemahlenen Mohn in der Küchenmaschine, mit den Knethaken des Handrührgeräts oder mit den Händen einen Knetteig herstellen. Diesen in zwei gleiche Hälften teilen. Daraus jeweils eine Rolle von etwa 4 cm Durchmesser formen und im ungemahlenen Mohn wälzen. Dann in Klarsichtfolie einwickeln und über Nacht in den Kühlschrank legen.

Am nächsten Tag die Rollen in ca. 0,5 cm dicke Scheiben schneiden, diese auf einem mit Backpapier ausgelegten Blech verteilen und im vorgeheizten Backofen bei 200 Grad in ca. 10 bis 12 Minuten nicht zu dunkel backen.

Glühwein »Plaudertäschchen«

(Jedes Jahr aufs Neue der Renner im *Plaudertäschchen*)

Zutaten (für 2 Personen):
0,5 l trockener Rotwein
25 ml Rum
2 ungespritzte Orangen
4 Nelken
1 Stange Zimt
1 Sternanis
30 g brauner Kandis oder brauner Zucker (notfalls weißer)

1 Orange auspressen, die andere heiß abwaschen und ungeschält in Scheiben schneiden. Die Zimtstange in mehrere Stücke zerbrechen und zusammen mit den Nelken und dem Sternanis in ein Tee-Ei oder einen Teefilter aus Papier geben. (Notfalls kann man die Gewürze auch lose in den Wein rühren und ihn vor dem Servieren durch ein engmaschiges Sieb gießen.)

Den Rotwein in einem kleinen Topf mit dem Orangensaft und dem Zucker mischen, die Orangenscheiben und die Gewürze hinzugeben und die Flüssigkeit langsam erhitzen, aber auf keinen Fall kochen lassen. Der Geschmack wird intensiver, wenn man die Gewürze in dem heißen Sud mindestens eine Stunde ziehen lässt. Anschließend die Orangenscheiben und die Gewürze entfernen, den Rum unterrühren und den Glühwein nochmals bis kurz vor dem Siedepunkt erhitzen. Heiß genießen. Wer möchte, kann nachsüßen.

Extra-Tipp: Eine alkoholfreie Variante kann man nach

diesem Rezept herstellen, indem man den Rum und zunächst auch den Zucker weglässt und anstelle des Rotweins roten Traubensaft oder roten alkoholfreien Wein nimmt. Erst ganz zum Schluss nach Geschmack Zucker zugeben, da Fruchtsaft unter Umständen schon fast genug Eigensüße mitbringt und alkoholfreier Wein wesentlich milder ist als ein trockener Rotwein.

Heiße Weihnachtsschokolade

(Mariannes und Lauras Geheimrezept)

Zutaten (für 2 große Tassen):
300 ml Vollmilch
50 g Schokolade (je nach Geschmack Vollmilch oder Zartbitter)
1 bis 2 Teelöffel Zucker (wer möchte, nimmt mehr)
0,5 Teelöffel Lebkuchengewürz
100 ml fettarme Milch (am besten H-Milch)
1 Teelöffel Zimt
1 Teelöffel Zucker

Die Schokolade in Stücke brechen und in einem kleinen Topf mit den 300 ml Milch, dem Zucker und dem Lebkuchengewürz unter Rühren erhitzen, bis sich alles gelöst hat. Anschließend in zwei Tassen gießen.

In einem anderen Topf die 100 ml Milch (fettarme H-Milch liefert den haltbarsten Schaum) erhitzen, aber auf keinen Fall kochen lassen. (Wer den Kontrast liebt, kann auch kalten Milchschaum auf die heiße Schokolade geben.)

Mit einem Milchaufschäumer Milchschaum machen und vorsichtig auf die heiße Schokolade geben. Zimt mit Zucker mischen (gibt es auch gemischt zu kaufen) und großzügig auf den Milchschaum stäuben.

Variante: Sahne mit Zimt und Zucker steifschlagen und auf die heiße Schokolade geben.

Mariannes Geheimtipp: Für eine ganz besondere Note eine Prise gemahlenen Ingwer in die heiße Schokolade rühren.

Bernhards Hühnersuppe

(Tut nicht nur bei Grippe gut)

Zutaten (für 4 Portionen):
1 küchenfertiges Suppenhuhn
1 Zwiebel
2 – 3 Knoblauchzehen
1 große Möhre
1 fingerlanges Stück Ingwerwurzel
2 Gewürznelken
1 Teelöffel Salz

200 g Möhren
2 Stangen Porree
1 Bund Petersilie
Pfeffer, Sojasauce, Curry
evtl. Nudeln oder Reis

Das Suppenhuhn innen und außen unter fließendem Wasser abspülen, die Möhre putzen und längs halbieren, Knoblauchzehen schälen, Ingwerwurzel schälen und in zwei oder drei Stücke schneiden, Zwiebel schälen und halbieren. Alles zusammen in einen Topf geben, mit einem Liter Wasser, dem Salz und den Gewürznelken zum Kochen bringen und eine Stunde köcheln lassen.

Inzwischen die übrigen Möhren putzen und in Scheiben schneiden. Vom Porree Wurzeln und grüne Teile entfernen, die Stangen längs halbieren, unter fließendem Wasser abspülen und quer in feine Streifen schneiden.

Das gekochte Huhn aus dem Topf nehmen, die Brühe durch ein Sieb gießen. Anschließend die Möhrenscheiben in die Brühe geben und diese erneut zum Kochen bringen. Nach zehn Minuten den Porree hinzufügen und alles weitere fünf Minuten garen.

Inzwischen die Haut vom Huhn abziehen und das Fleisch in mundgerechte Stücke schneiden. Petersilie waschen und klein hacken.

Sobald das Gemüse gar ist, das Fleisch und die Petersilie hinzufügen, die Suppe mit Salz, Pfeffer, Sojasauce und etwas Curry abschmecken und heiß servieren.

Für eine Hauptmahlzeit in einem getrennten Topf Nudeln oder Reis zubereiten und zur Hühnersuppe reichen.

Dieser Kater erobert Ihr Herz im Sturm

Sheila Roberts
WEIHNACHTSBOTE
AUF VIER PFOTEN
Roman
Aus dem amerikanischen
Englisch von
Ulrike Moreno
288 Seiten
ISBN 978-3-404-17269-6

Der herrenlose Kater Ambrose sieht sich schon in den ewigen Jagdgründen, als ihm in letzter Sekunde der Feuerwehrmann Zach das Leben rettet. Prompt folgt er Zach nach Hause. Der ist davon gar nicht begeistert und versucht, den anhänglichen Streuner wieder loszuwerden – vergeblich. Um sich bei seinem Lebensretter zu revanchieren, beschließt der Kater, dem Beziehungsmuffel Zach in Sachen Liebe auf die Sprünge zu helfen. Denn für Ambrose steht fest: Die nette Verkäuferin aus der Zoohandlung ist genau die Richtige für ihn ...

Bastei Lübbe